Kou & Ryou
「ドンペリとトラディショナル」

ドンペリとトラディショナル

秀 香穂里

キャラ文庫

この作品はフィクションです。
実在の人物・団体・事件などにはいっさい関係ありません。

目次

口絵・本文イラスト／みずかねりょう

序章

寝る前にすることが、ひとつある。

きらきらと輝く石をベッドライトにかざし、岡野涼《おかのりょう》は七色のプリズムを楽しむのだ。手のひらに載るちいさなサイズの石は水晶だ。学生時代に住んでいたアパート近くにあった雑貨屋にふらりと寄ったとき、窓辺でこの石が煌《きら》めいていたのを見つけて思わず購入した。

シンプルなインテリアにこんな可愛《かわい》らしいアイテムが似合うかどうか一瞬迷ったけれど、眠る前のひととき、読書もスマートフォンのチェックも終えたちょっとの時間、この輝く石を眺めてぼんやりするのもいいなと思ったのだ。

スピリチュアルなこととは無縁だ。水晶に込められた意味もとくに調べず、ただ艶々《つやつや》とした石を手元に置いておきたいと思っただけだ。

大学を卒業して六年。涼は新宿《しんじゅく》にある大手百貨店の高級メンズブランド「ヨシオ　タケウチ」の店員として日々多くの客を相手にしている。『岡野くんってほんと真面目でお堅いよね』と同僚にからかわれたことがあった。

品行方正で実直、と言えば聞こえはいいかもしれない。自分でも真面目なんだろうなと思うが、その生き方はたまに窮屈になるときもある。

ハイブランドのスーツに身を固め、黒髪を撫《な》でつけ、品のある笑みを浮かべて客を出迎える。だけど、いつも売り上げは五名いる店員の中で真ん中だ。上からかぞえても下からかぞえても中途半端な位置にいるというのは、ときにつらいものがある。どんなに努力しても一位には昇り詰められず、かといって最下位になるほどの自堕落に陥るわけにもいかない。

宙ぶらりん。

つねにそんな言葉が胸にある。

なにをどうすれば売り上げが伸びるのだろう、一度ぐらい、月間売り上げ一位になって皆に賞賛されてみたい。

そのためには容姿や話術を磨き、商品を手に取ってくれた客のこころを摑《つか》むこと。

そういったハウツー本や動画は散々見てきた。だけど、あとひとつなにかが足りないのだ。

なにより強い輝きというものが、自分にはない。ひとを引き込むカリスマ性とでも言えばいいだろうか。そういったものは生まれつき特定の人間だけに与えられるものなのか。後天的に身につけることはできないのか。

自分だけの武器が見当たらないまま、今日も涼は眠る前に水晶を手のひらに載せて見つめていた。

無数の光を内包している石に、自分もなってみたい。
そうしてひとの目を惹《ひ》き付け、自信に繋《つな》げたい。平凡な存在から脱したい。
我ながら子どもっぽいなと苦笑し、石をベッドヘッドに置いて明かりを消す。
強い石に、なりたい。

1

「このイエローストライプのシャツなら、こちらのブラウンのパンツがお似合いになるかと思います」

「うーん……そうですね。シャツは気に入ってるんだけど、予算がなぁ……」

二十代後半とおぼしき男性が何度も鏡の前で前を向いたり横を向いたりしてシルエットを確かめているのを、涼《りょう》は控えめに見守っていた。とはいえ、内心ははらはらしていた。このパンツを買ってくれれば今月の売り上げでは一位になれる。秋冬にふさわしく、ウールで織られたパンツは暖かそうな風合いで、ラフにも上品にも着られる一本だ。

しかし、客の言うとおり値が張る。

涼が勧める「ヨシオ　タケウチ」はセミオーダーのスーツがウリのハイブランドで、シャツ一枚取っても二万円は軽く超える。客がいま穿《は》いているパンツは五万五千円だ。

十月の下旬。秋もいよいよ深まり、店内にはニット類や冬のメインとも言えるアウター類が充実していた。そんな中、『シャツが欲しい』と立ち寄ってくれた顔馴染《なじ》みの客にパンツも勧めている真っ最中なのだが、反応は鈍い。

男性客は迷った顔でパンツの手触りを何度も確かめている。それから、顔を上げた。

「うん、今日は無理しないで、シャツだけいただきます」

「……ありがとうございます」

無念ではあるが、なんとか顔には出さずにすんだ。

「来月の給料が入ったときにまだこのパンツがあったら買いたいな」

「はい、ぜひ」

笑顔で商品を包み、会計を終える。客を店の玄関まで見送ってショッパーを渡し、「ありがとうございました」と頭を深く下げた。

軽やかに去っていく客の背中を見つめているうちに、知らずとため息がこぼれた。

あとちょっと、あともうすこしだったのに。

これで今月の売り上げ一位を逃してしまった。

もう夜の十九時だ。これからの客はあまり見込めないだろう。百貨店は二十時で閉まる。

「惜しかったね、岡野《おかの》くん」

ぽんと肩を叩《たた》かれて振り向けば、店長の石住《いしずみ》だ。今月の売り上げ一位の男。店長の座に就いているだけあって顧客も多く抱えており、巧みな話術と柔和な態度で毎月記録を更新し続けている。涼がいまもっとも目標としている男だ。

「あのお客さん、シャツが欲しくて来店してくれたんだろう？　それに似合うパンツをお勧めするのはよかったけど、あともうひと押し足りなかったね」

「すみません。力不足で」

「謝ることじゃないよ。今月のきみはずいぶん頑張ったじゃないか。売り上げも二位。先月の三位に比べたら好調だ。気に病むことはないよ。また来月挑戦すればいい」

「……はい」

「そう落ち込んだ顔しないで。今夜は月イチの呑《の》み会なんだし、パーッと盛り上がろう」

見るからにしょげた顔をしていたのだろう。石住が慰めるように背中をぽんぽんと叩いてくる。彼の言うとおり、今夜はショップ店員の親睦《しんぼく》を深めるための呑み会だ。男性三名、女性二名の全員が参加するので、盛り上がるはずだ。

しかし、涼の胸は晴れない。

さっきのパンツが売れていれば、ようやく悲願の売り上げ一位を奪取できたのに。

自分の押しの弱さ、アピールの弱さであと一歩に及ばなかった。

悔しさに奥歯を嚙《か》み締めながら客に見てもらった服を片付ける。そのうち閉店時間がやってきて、店内清掃を始めた。

本格的な掃除は翌朝になる、明日は新作も入荷する土曜日なので、早めに出勤したい。

その前に親睦会だ。

同僚との呑み会はいつも午前零時過ぎまで盛り上がる。新宿には明け方までやっている店も多いから、二次会、三次会の場所に困らない。最初は普通の居酒屋で乾杯し、二次会はカラオケやスナックに流れるのがよくあるパターンだ。

今夜もきっとそうなるだろう。明日も出勤の涼としては終電までに帰りたいけれど、今日は店長の石住をはじめ、スタッフ全員がそろうから盛り上がりそうだ。

浮かない気分の中、清掃が終わり、石住たちと店を出る。

外は小雨が降っていた。傘を差し、向かう先は新宿歌舞伎町《かぶきちょう》にある居酒屋だ。

二十一時半の居酒屋は大勢の客で盛り上がっていた。ここの常連である石住は店員と笑顔で挨拶《あいさつ》を交わし、店奥の個室を目指す。涼たちもあとに続いた。

「あ、お疲れさまでーす、店長、岡野さん」

「お疲れさま。せっかくの休みなのにごめんね、今日に設定しちゃって」

掘りごたつ式のテーブルには、今日休みだった女性スタッフと男性スタッフひとりが向かい合わせに座り、おしぼりで手を拭《ふ》いている。石住と涼たちもめいめい腰を下ろした。

涼の隣に座るのは同僚の男性スタッフ、橋本《はしもと》だ。如才なく、好印象な笑顔で職場ではナンバーツーの座を誇っている。二歳上の橋本もまた、涼が目標としている男だ。石住に続いて顧客が多いうえに、新規客にもきちんと対応し、着実な売り上げを積んでいる。

五名そろったところでビールのジョッキが運ばれてきて、石住の音頭とともに乾杯した。

「乾杯！」

「カンパーイ！」

「お疲れさまでした～！」

いっせいにジョッキを呷《あお》り、クリーミィな泡と冷えた液体を流し込む。

満足そうに息を吐いた石住に女性スタッフである岸田《きしだ》が「ね、ね」と身を乗り出してくる。

「今日はどうだったんですか、お店のほう。金曜だったし、結構売り上げよかったんじゃないですか」

「それなりにね。コートとスーツが結構動いたよ。あとシャツ類も。ね、岡野くん」

「……はい、僕はあと一歩及びませんでしたけど」

「そうしょげるなって。岡野頑張ってるじゃん。今日の最後の客だってちゃんとシャツ買ってくれたし」

橋本がなだめるように言う。二十万円もするコートを売った男になだめられても、あまり胸は弾まない。石住にしたって橋本にしたって、岸田にしたって、それぞれに話術が巧みで、客を味方につけているのだ。

平均的な売り上げ三位の涼としては、上にも行けず、下に落ちまいと必死にもなっていた。正直なところ、石住と橋本が眩《まぶ》しく、同時に妬《ねた》ましい。

どうしたら客のこころを摑めるのだろう。客自身欲しいアイテムが明確に決まっている場合はべつとして、ふらりと寄った客にさりげなく商品を勧め、購買意欲をかき立てるというのは至難の業だ。とくに「ヨシオ　タケウチ」はハイブランドでもあるので、シャツが二、三万円、スーツは十万円前後、アウター類は二十万円を超えるものもある。

うなるほど金を持っていて使い道に困る客がそうそう毎日店に来るはずがない。たいていはウィンドウショッピングで終わることがほとんどなのだが、中には石住や橋本、岸田のセールストークに乗せられてひとつふたつ、商品を買ってくれる者もいる。そのアイテムはシャツだったり、ハンカチだったり、比較的「ヨシオ　タケウチ」の中でも安価なものであっていい。丁寧な接客に客が満足し、ずらりと並ぶ商品に興味を持ち、「また来たい」と思ってもらえることがなにより大事なのだ。

客をいい気分にさせる。

そこが涼はどうにもうまくいかない。なにも言わずとも「ヨシオ　タケウチ」の商品に惚《ほ》れ込んでいるひとならともかく、初来店のひとにはまずゆったりと店内を見て回ってもらい、気になるアイテムを手にしたところでさりげなく売り込んでいく。試着をしてもらう段階にあっても豊富な語彙力《ごいりょく》は必要だし、他愛ない世間話をするときだってある。

その、話のきっかけがいつも摑みにくいのだ。

なにをどう言えばこのアイテムを買ってくれるのだろう。

そういう下心が顔に出ているのかもなとため息をついて、ビールを呑み干し、お代わりを頼んだ。次々に料理が運ばれてきて、賑《にぎ》やかに時間が過ぎていく。

今月の月間売り上げ一位は店長の石住。二位は涼。橋本はすこし調子を落として三位だ。しかし、橋本には太い客が幾人もついている。大物と呼ばれるアウターがよく動くこれからの時期、彼の売り上げは順調に伸びていくだろう。

「接客って……難しいですね」

ぽつりと呟《つぶや》くと、鶏《とり》の手羽先に食いついてた岸田が「どうしたの、岡野くん」と言う。彼女は今月四位だ。

「オンライン通販が当たり前になったいま、店頭にわざわざ足を運んでくれるお客さんにこれぞという商品を手にしてもらって、試着もしてもらっても、買ってくれないときがありますよね。ああいうとき、なにがだめだったんだろうっていつも思います」

「いまは強引な接客が疎まれる時代だからね。無言で来て、無言で帰りたいってひとも多いよ、ほんと」

かたわらに座る石住の言葉に力なく頷《うなず》く。

「お客さんがどっと押し寄せるのって、セールのときだけなのかって落ち込むときもあります」

「うちはハイブラだからね。プロパーで買えないひとがセール時に初めて『ヨシオ　タケウチ』のアイテムを手にして、新作にも興味を持つというルートもありなんじゃないかな」

「……ですね。でも、セール時の売り上げは自分の成績にほとんど影響しないし」

「そんなに一位になりたいの？」

可笑《おか》しそうに石住が顔をのぞき込んでくる。

「なりたいです。なったことがないから」

「岡野くんは一見おとなしそうに見えてもしっかり野心があるよね。いいことだ。でもさ、今月だけが勝負なわけじゃないから。来月、再来月だってチャンスがある。諦《あきら》めないことがまず重要だよ」

「頭ではわかってるんですけど」

「続けていくことが大事なんだよ。アパレル業界はいまとても難しい。みんな、スマートフォンやパソコンで気軽に買う時代だ」

「プチプラも多いですしね。ファストファッションのフットワークの軽さにはちょっと妬《や》いちゃうところもあるかな」

橋本の言葉に、他のスタッフ陣もうんうんと頷いている。

「それでも、いいものはいい。とっておきの日に、大事な商談の日に『ヨシオ　タケウチ』のスーツを選びたいと思ってくれるひとがいる。だから僕らの店はまた明日、開けるんだ。今日は今日、明日は明日。一足飛びじゃなくて、すこしずつ経験を積み重ねていく大切さを忘れないで。ひとりひとりのお客さんにとって、『ヨシオ　タケウチ』が特別だと思ってもらえるように頑張ろうよ。ね？」

「――はい」

言い含めるような石住に、なんとか顎《あご》を引く。

いまの自分は結果に囚われすぎている。こちらは大勢の客を相手にしていたとしても、客側にとっての「ヨシオ　タケウチ」はひとつの特別なブランドだ。ぶしつけな態度を取れば、二度と足を運んでくれないだろう。

「明日からまた頑張ります」

「それでこそ岡野くん。来月は俺も頑張るから、正々堂々競おう。そして一緒に店を盛り立てていこう」

陽気な橋本の声に頷けば、すっかりできあがった女性スタッフが、「あのー」とにこにこしている。

「こうなったら、今夜はとことん盛り上がっちゃいません？」

「お、もう二次会の相談？　カラオケ行く？」

「いえいえ、今夜はちょっとスペシャルなところへ。サービスの権化ってものを学びに行きましょうよ」

「どこ、それ」

興味津々な顔で石住が訊《き》く。涼もつい引きずり込まれた。サービスの権化なるものを見せてくれる店とはどんなところなのか。

「まあ、ここはわたしたちについてきてくださいよ」

「そうと決まったらお会計しちゃいましょ」

ふたりの女性スタッフが店員を呼ぶ。五名全員で割り勘にし、「またどうぞー！」と元気な挨拶を背に居酒屋をあとにした。

ふわふわした足取りで向かう女性スタッフに、涼たちもついていく。

あたりは歓楽街で、呼び込みやキャッチも多い。ネオンが次第にどぎつくなっていく頃、ひときわ輝く建物に女性スタッフが吸い込まれていく。

「ここって……」

「もしかして」

石住と橋本が顔を見合わせていた。

銀色の四角い箱。ぎらつく壁にはキメ顔の男性の写真がずらりと並んでいる。入口には黒いスーツを着た男がひとり立ち、困惑する涼たちに笑みを向けてくる。

「どうぞどうぞ。お連れ様はすでに中に入られてますよ」

「でも、ここって」

「あの……」

「さあさあ遠慮なく。うちは男性も大歓迎です」

黒スーツの男に背中を押され、よろけるように店内へと入った。

店は思っていた以上に広かった。中央に大きなシャンデリアが下がり、まばゆい光を放っている。

幾つものボックスが並び、すべてシックな深紅でまとめられていた。壁面は鏡張り。おそらくこの鏡の効果で店をより広く見せているのだろう。

「いらっしゃいませ！」

「こんばんは！　おっ、イケメンが三人も。ぜひぜひ中へどうぞ。お連れ様の女性ももうテーブルについてますよ」

肩まで髪を伸ばした男性と、しゃれっ気のあるゆるいヘアスタイルをした男ふたりに出迎えられ、石住も橋本も、もちろん涼も戸惑う。

「こっちこっちー」

「早く早く」

店内の左脇にあるテーブルで女性スタッフが手を振っている。そこへおずおずと歩み寄り、腰を下ろすと、すかさず男性たちが駆け寄ってきて脇と正面を固める。

「はじめましてこんばんは。今日は呑み会帰りですか？」

「ま、まあそんなところかな」

「夜はこれからですよー。まず、なに呑みます？　なんでもありますよ」

「ビールは呑んできたし……なら、ウイスキーの水割りでもお願いしようかな」

「ハーイ！　ウイスキーの水割り五つ」

明るい声を上げる男性にウエイターが近づき、ほどなくしてグラスがテーブルに置かれる。

「早速乾杯といきましょうか」

「あの、……こういう場合、きみたちもなにか呑んだほうがいいよね？」

「お、お客さん、お目が高い。なら俺らも同じものオーダーしちゃっていいです？」

「いいよ。たまにはこういう遊びもおもしろい」

いい感じに酔った石住は早くも状況を呑み込んだようで、この場に馴染み始めている。橋本もそうだ。興味深そうな顔で、店内をきょろきょろ見回していた。

どのテーブルも女性客に男性がついている。楽しげな笑い声がさざめき、グラスが触れ合う音もしょっちゅう聞こえてくる。

「男性のお客さんが来てくれるなんて嬉《うれ》しいから、うちのナンバーワン、呼んじゃいましょうか。あ、大丈夫大丈夫。初来店のお客さんは指名料タダです」

「いいの？　お会いしてみたいな」

「よっしゃ、任して。コウさーん、二番テーブルへどうぞ！」

髪の長い男の声に、すこし離れたテーブルで背中を向けていた男がくるりと振り返り、大股気味に近づいてくる。

その堂々とした振る舞い、端整な顔立ちに一瞬見惚《みと》れた。

まるでモデルか俳優かと思うほどの美丈夫だ。すらりとした長身で百八十五センチはあるだろうか。

ほどよく鍛えているのは、ネイビーのスーツを纏《まと》っていてもわかる。ノーネクタイで、光沢のあるゴールドの開襟シャツを合わせているところが普通ではない。首元にはゴールドのチェーンネックレス。右手には凝った模様のゴツい指輪をはめている。

「ようこそ、ホストクラブ『J』へ。歌舞伎町ナンバーワンのコウだ」

低く、甘い声。

やっぱり。

やっぱりここはホストクラブなのだ。

アッシュブロンドの派手な髪をわざとくしゃりと乱した色男は、女性スタッフ、石住、橋本と順々に眺め、最後に涼に目を留めてにやりと笑う。

「隣、いいか?」

「は、はい」

深紅のソファに腰掛けたコウは楽しげだ。

「ホストクラブは初めてか?」

「……初めて、です。失礼があったらすみません」

「なんで客のあんたが謝るんだよ。おもしろいな、可愛い顔して」

コウの男らしいまなじりがやわらかに解《ほど》け、一瞬も目が離せない。

ホストクラブとは、こんなにいい男ぞろいなのか。

脇についている男たちも美形だが、コウはずば抜けている。普通の人間だったら負けてしまいそうな明るい髪色が板につき、彫りの深い面差しを間近に見ていると、同性の自分でもくらくらしそうだ。

それに、いい香りがする。甘い花の香りだ。

「……いい香りですね」

「ああ、これか。もらい物なんだ。ちょっと俺には甘すぎるかな。どう思う？」

おもむろに左手首を鼻先に近づけられてどきりとなる。骨っぽく大きな手は綺麗《きれい》だ。長い指はどことなくエロティックだ。手首の内側からほんのりと花の香りが漂う。確かに、男っぷりのいいコウには可愛らしい。彼ならもっとスパイシーなコロンが似合う気がする。

「きちんとしたスーツ姿だけど、仕事はなにしてるんだ？」

「百貨店で働いてます。メンズブランドの店員で」

「ああ、なるほど。だから生真面目な印象なんだ。なんていうブランド？　俺でも知ってる？」

「『ヨシオ　タケウチ』というブランドなんですが」

「知ってる知ってる」

コウが水割りを啜《すす》りながら頷く。

「俺も何着か持ってるよ。肩のラインが綺麗なんだよな」

「ありがとうございます。嬉しいです」

まさか歌舞伎町ナンバーワンのホストが着てくれているなんて。もっと褒めたり、感謝の言葉を述べたりしたいのだが、初めてのホストクラブということもあってどうしても緊張してしまう。

思いきって水割りを半分ほど呑む。結構濃いめに作られていた。

それでもすこし気が解《ほぐ》れ、あらためて店内を見回す。

「盛況ですね。どのボックスも満席です」

「うちは歌舞伎町でもっとも売れている店だからな。ま、全部俺のおかげなんだけど」

胸を反らす男が羨《うらや》ましい。

ホストクラブに来たことがなくても、夜の世界の人気争いがどれだけ苛烈《かれつ》か、涼にも想像ができる。

涼たちはスーツやシャツを商品としているが、夜の世界の住人は『自分自身』が商品だ。

新規客を虜《とりこ》にし、太い客を繋ぎ止めておくため、ありとあらゆる努力をするのだろう。

コウをはじめ、席に座るホストたちはみんなチャラチャラして見えるが、胸板は厚いし、派手なスーツだって決まっている。

ヘアスタイルこそ独特な者が多いけれど、可愛かったり、茶目っ気があったり、親しみやすそうだったり、男っぽさがあったりと、とかく目を惹く。

そのすべてを持っているのがコウのような気がした。

大人の男らしい貫禄はナンバーワンにふさわしい。なにより、全身から滲《にじ》み出る自信が涼を圧倒する。

同じ男でもこうも違うのか。

年上のような気がするが、いくつなのだろうか。こういう場で年齢を訊くのは失礼にあたるだろうか。迷い悩んでいると、コウがそっと耳打ちしてくる。

「俺がいくつか気になるんだろ。先月二十八になった」

「え、俺と同じ歳《とし》です。ぜんぜん違う……」

「な」

可笑しそうに肩を揺するコウはどう見ても三十代だ。しかし、ホストだから若いほうがいいのだろう。

「コウ……さんが一番先輩なんですか？」

「俺より二歳上のホストがいるけど、いつもランキング圏外だ。あいつ、今日で店を辞めるんだよ。ま、潮時ってやつだよな」

辛辣《しんらつ》なことをしれっとした顔で言うコウだが、なぜか憎めない。その笑顔があまりに魅力的だからだろう。黙っていたら威圧感を覚えるほどの迫力なのだが、笑うと一気にひと懐こさが滲み出る。


「名前は？」

「岡野涼です」

「顔にぴったりな律儀な名前。涼って呼んでいいか？」

「え、ええ、構いませんけど」

「涼の趣味はなんだ」

「映画鑑賞と、読書です」

「まっじめー。そういう俺の趣味はドライブとジム通い」

「ドライブはなんとなくわかりますけど、ジム通いって？」

「こういう仕事だろ。男は身体を鍛えてナンボだ。スーツをパリッと着たいならそれに似合う肉体作りをする。基本中の基本」

「なるほど……」

「愛車はランボルギーニ。今年買ったばかりなんだけど、忙しくてあまり走れてないんだ。涼は免許持ってるか？」

「持ってないです」

「なんだ。持ってたら俺の運転手してもらおうと思ったのに」

どこから冗談でどこまで本音かわからないことを言うコウは肩を竦《すく》め、涼と目が合うと見事なウインクをひとつ。

不覚にも胸が躍ってしまう。

これでも仕事柄、さまざまな男性たちを目にしているが、コウみたいな男はめったに見ない。これだけ魅力的な男に「ヨシオ　タケウチ」が誇るモーニングを着せてみたいと思う。「ヨシオ　タケウチ」はハイブランドで、セミオーダーがメインだが、ときおりコレクション用にモーニングのような礼服を作ることもある。

その美しいカッティング、丁寧な縫製に憧《あこが》れる顧客は多く、製品として販売してほしいという声ももらうが、フルオーダーとなるため、販売価格が五十万以上となってしまうのと手がかかるため、市場に出したことは一度もない。

アッシュブロンドの髪を綺麗に撫でつけ、黒と白で構成されたモーニングを着たコウを想像してやけに胸がときめいた。

誰にも言ったことのない秘密だが、涼はゲイだ。と言っても、性的な経験はない。物ごころついた頃から同性に惹かれ、高校生時代にクラスメイトに淡い初恋を経験して、初めて自身の性向を知った。

世の中はＬＧＢＴに寛容になってきているが、それでもゲイだと名乗るにはかなりの勇気が要る。九州で離れて暮らす親にもカミングアウトしていない。職場の同僚にも当然。男に惹かれるからメンズブランドに勤めたのか、と色眼鏡で見られることが怖い。それとこれはべつで、ファッションはもともと好きだったのだ。

山間にある実家に住んでいた頃からファッション雑誌やネット情報を読みふけり、いつか自分もぴしりとしたスーツに身を固め、都会を闊歩《かっぽ》してみたいと胸を高鳴らせていた。

ファッションはなにも女性だけのものではない。上質な衣服を身に纏い、日常に花を添えたい。肌に触れるものがよいものであれば、気分も上がる。涼が住んでいた家の近くには車で二十分ほど走らせたところにある商業施設しかなかったから、余計に都会には憧れた。

そういうわけで、大学進学を機に上京し、いまに至る。大学生活は楽しかったけれども、奥手だったこともあって、ついに恋人はできずじまいだった。

どうにもひと寂しいとき、意を決してゲイ専用のマッチングアプリを開いてみたことがあったけれど、「タチ希望」「今夜複数でヤリませんか」という直接的な誘い文句に怖《お》じけ、手を出すのはやめた。

ゲイが多く集まる新宿二丁目界隈《かいわい》をぶらついたこともある。男同士が親しげに肩や手を組んだりして店に入っていく光景に羨ましさを覚えたものの、職場も近いこの場所で誰かに見られたらと思ったらやっぱり腰が引けてしまった。

意気地がないのだ、自分は。

そこへ行くと、コウは女性も男性も夢中にさせるようなフェロモンを発している。目配せひとつで男のこころをざわめかせるなんて、並みの芸当じゃない。

好きな映画は、好きな本は、とコウの質問が続き、なんとか答えたけれども、緊張とときめきがない交ぜになってうまく話せない。

ちらっと横目で見ると、石住たちはホストとおおいに盛り上がっていた。強い酒を立て続けに呑み干し、お互いの仕事の苦労話に花を咲かせている。

その場にコウは混ざらないのかと内心不思議に思って、「あの」と小声で言う。

「みなさんのところに行かなくていいんですか」

「なんで?」

「だって、僕は楽しい話、できないですし」

うつむくと、吹き出す気配に続いて髪をくしゃくしゃとかき回された。

「可愛いのな、涼って。そういう口下手なところがおもしろい」

「口下手……」

「うちに来る客はだいたいみんな話したがりなんだよ。いいところのマダムも、高給取りのキャバ嬢も、みんななにか話したくてうちに来る。それを俺たちは逐一聞いて盛り上がるのが役目。そういう意味で、自分のことを話すのが下手なおまえは新鮮だ」

初めて顔を合わせるコウにおまえ呼ばわりされて、嫌な気分ではなかった。その声が甘いせいもあるだろう。

しかし、石住たちもコウには興味があるらしい。ちらちらと視線を投げてくる。

「コウさん、僕には構わずに、みんなのところに行ってください」

「気を遣わなくていいのに」

「僕だけがあなたを独り占めしているようで落ち着かないんです。ナンバーワンなのに」

ぽつりと呟くと、コウは大げさに肩を竦めてはっと息を漏らす。そしてひと差し指でするりと涼の頬を撫でた。

「寂しくなったら呼べよ」

なんと罪深いことを言うのか。胸がどきどきしてしまってどうしようもない。

唖然《あぜん》としている涼をよそにコウは立ち上がり、正面に席を移す。それからはますます場が盛り上がった。石住も橋本も女性スタッフもみんなコウの話に耳を傾け、ときには腹を抱えて爆笑し、ときには真剣な顔で頷いている。

涼だけが置いてきぼりだ。ちらっと腕時計に視線を落とすと、そろそろ終電が迫っている。

それとなく石住の肘《ひじ》をつつく。彼は、あ、という顔をして名残惜しそうな表情をコウたちに向けた。

「楽しい時間をどうもありがとう。今夜はそろそろ失礼するよ」

「えー、もう帰っちゃうの？　夜はこれからなのに」

「明日また仕事だから」

「じゃ、名刺もらってください。それで、また来て」

ホストたちから次々に名刺を渡された。コウは一番最後に手渡してくる。艶消しのゴールドの紙が派手派手しい。そこには店名と「コウ」と源氏名が書かれ、携帯番号とＬＩＮＥのＩＤも記されていた。

「いつでも連絡してくれ。午前中は寝てるけど」

「にしても、コウさんがこんなに長い時間同じテーブルに着いてるなんてめずらしいですよねー。他のお客さんが羨ましそうでしたよ」

同僚ホストの言葉に、コウはひょうひょうとした態度で、「こいつがおもしろかったから」と涼の頭をつつく。

「え、そういうのがコウさんの好み？」

「岡野、歌舞伎町ナンバーワンのホストに気に入られたんだ。どんな気分？　どんな気分？」

酔った橋本が肩を組んでくる。酒を呑むと橋本はボディタッチが多くなるのだ。といっても、彼はあくまでも同僚なので、こころが揺り動かされることはない。

「大変、光栄、です」

「まっじめー」

「それでこそ岡野くん」

どっと笑い声が弾ける。

身の置きどころがないけれど、ふと視線を感じて顔を上げれば、コウがじっと見つめていた。かすかに笑い、「また来いよ」と頭をぽんと叩いてくる。

「……また、機会があれば」

いくら見目麗しい男と出会ったからといっても、相手はホストだ。本来、女性客を相手にする店に、男ひとりでのこのこ顔を出す勇気はない。

これっきりなんだろうなと思うと、なぜかせつない。

名刺をもらったのだから、電話なりＬＩＮＥなりすれば連絡をつけられるだろうけれど、彼としては営業の一環だろう。

意を決して連絡をしたところで、あっさりあしらわれたら思いきりへこみそうだから、できそうにもない。こっちはただの客のひとりで、相手は歌舞伎町のキングだ。酸いも甘いも噛み分けている男には軽く転がされそうだ。

それでも名刺を大切に財布にしまった。ボトルを入れたわけではないので思ったより会計は安い。ここでもめいめいが金を出し、笑顔のホストたちに見送られて外に出た。

「うわ、土砂降り」

橋本の言うとおり、篠突《しのつ》く雨が降っている。

終電まであと間近。

「俺、タクシーで帰るよ。誰か乗ってく？　途中で降ろしてあげるよ」

石住の言葉に、女性スタッフが手を挙げる。橋本もだ。

「岡野くんはどうする？」

「僕は電車で帰ります。コンビニに寄っていきたいので」

五名そろってタクシーに乗ることはできないので遠慮し、傘をぱっと開く。途端に雨が傘の生地を叩き付ける音がする。

「じゃあ、今日はこれで。お疲れさまでした」

「うん、また明日」

大通りに向かって石住たちが駆けていった。

ひとり残された岡野は歩いて三分ほどのところにある地下道に入ろうとして、ふと足を止める。ホストクラブ「J」の前にコンビニがあった。あそこに寄って明日の朝食を買っていこう。

コンビニに駆け込み、棚に陳列されているサンドイッチと野菜ジュース、それにミネラルウォーターのペットボトルを購入した。

外に出るのもためらうほどの強い雨足だ。傘を差していてもスーツが濡《ぬ》れてしまうのは致し方ない。

とりあえずコンビニを出て傘を開いた。夜の雨にひと通りはすくない。けぶるネオンがどこかもの寂しい。

もう一度ホストクラブを見つめた。あそこではまだ終わらない時が続いているのだろう。先ほど送ってくれたホストたちも、コウもみんな、いまはもう他の客たちと盛り上がっているはずだ。

楽しい時間を金で買う。そのせつなさとはかなさを覚えながら通りに出たときだった。

ホストクラブがある建物の横道に人影が見える。細い路地だ。通りの電灯は届かず、ただぼんやりと黒い影が見えるだけだ。

きっと、ホストクラブの従業員口があるのだろう。

それにしてもこのひどい雨の中、なにをしているのか。

気になって近づいてみた。こんな場所なのだから見なかったふりをして帰ることもできたが、強い雨が降りしきるさなかに、その人物がなにをしているか気になってたまらなかった。第一、傘を差していない。きっとずぶ濡れになっているだろう。

「あのう……」

おそるおそる声をかけ、傘を差し出した。

「……大丈夫ですか？」

「ん？」

「あ」

薄暗がりの中、振り返った男とぱちっと視線が合い、お互いに声を上げた。

「コウ、さん」

「なんだ、涼じゃないか。帰ったんじゃないのか？」

建物の裏口から出てきたらしいコウは庇《ひさし》の下で、青いプラスティックのポリバケツを手にしていた。

「なにしてるんですか、雨ひどいのに」

「ゴミ捨てだよ、ゴミ捨て」

「ナンバーワンのあなたが？　お客さん、待ってるでしょうに」

そう言うと、通りから届くほのかな明かりに照らされたコウが薄く笑うのが見えた。

先ほど店内で見たふてぶてしいまでの笑みとはまるで別物だ。

どことなく自嘲《じちょう》的な微笑がこころに刺さり、もう一歩近づいて彼に傘を傾けた。庇の下にいるとはいえ、コウのスーツの肩が濡れている。

「濡れちゃいますよ」

「気にするな、これぐらい」

彼のかたわらをのぞき込むと、中から運び出してきたらしいゴミ袋がいくつか積まれている。それをポリバケツに詰め込もうとしているのだろう。

光を浴びて堂々としていた男が雨の中、ゴミ捨てに勤《いそ》しんでいる姿になぜか胸が締めつけられる。

「――僕も手伝います」

彼の手からゴミ袋を奪い取ろうとすると、コウが驚き、「大丈夫だって」と言う。

「ゴミ捨てぐらい慣れてる」

「だめです、スーツが濡れちゃいます。髪だって」

このあと、また客のところに戻って笑顔を振りまくのだから、すこしでもしゃきっとしていてほしい。出会ったばかりの男にこんなことを思うのも不思議だが、見過ごすことは到底できなかった。

ずっしりと重たいゴミ袋は生ゴミも詰まっているのだろう。彼の手を汚したくなくて奪おうとすると、コウもコウでぐいぐい引っ張る。

「こら、これは俺の仕事だって」

「ゴミ捨てぐらい、僕にさせてください」

「おまえは客だろ」

「店の外に出たんだから、もうただの通りすがりです」

意地になって言い返し、ゴミ袋をぐいっと引っ張る。それに釣られたコウがつんのめり、慌てた顔でたたらを踏んだ。

「お、おい……！」

「う、わっ」

濡れたアスファルトにできた水たまりに、つるりとしたなめらかな革靴がすべる。

バランスを崩したコウが勢いあまって抱きついてきた次の瞬間、ふたりの間で火花が散った。

ふわりと漂う甘い、甘い花の香り。

コウが全体重をかけてのしかかってきた。

「……っ」

「ってえ……！」

ゴッッと鈍い音が脳内に響く。

そろって思いきり額をぶつけたのだと把握したあとには、くらりと意識が薄れ、涼はくたくたと水たまりに倒れ込んだ。

逞《たくま》しいコウとともに。


「う……」

どれぐらいの時間が経っただろう。

呻《うめ》いて上体を起こすと、全身が雨でぐっしょり濡れているのがわかる。傘は離れたところに転がっていた。ゴミ袋も散乱している。

ぼうっとあたりを見回し、雨が降る中、倒れている男を揺さぶった。

「コウさん、コウさん、大丈夫ですか」

そこでなんとなく首をひねった。

自分が発しているのに、自分の声ではないように思える。

なぜなのか、身体のそこかしこに違和感を覚え、震える両手を見下ろした。

ゴツい指輪と豪奢《ごうしゃ》な時計がはまった手。

自分の手では、ない。こんな指輪を買った覚えはないし、なによりこんな時計を買えるほどの高給取りでもない。

近くに鏡はないか。慌ててアスファルトに手をついて水たまりをのぞき込むけれど、暗すぎてよく見えなかった。甘い香りが自分の身体から匂《にお》い立つ。しかし、そんなこと気にしていられるものか。コウとぶつかった際に彼の香りが移っただけだ。

それよりもコウだ。コウは大丈夫なのか。

「コウさん」

暗がりに倒れ込む人影をそっと揺さぶると、呻き声が上がる。

「くそ……いてえ……」

その声に妙な既視感を覚える。

どこかで聞いた声。

どこで?

いったいどこで?

「コウさん、頭打ってませんか?　救急車呼びますか?」

「いや……その必要は……」

むくりと黒い塊が起き上がる。まだいくぶんかふらついているけれど、おおごとにはなっていないらしい。

ほっとした涼は地面に転がった鞄《かばん》と傘を手にし、お互いの頭に掲げる。

表通りを走るタクシーのヘッドライトがふたりを一瞬照らし出す。歌舞伎町内を走る車なので、ゆっくりとしたスピードだ。

その一瞬、ほんとうに息が止まった。

目に映るものが信じられなかった。

毎日の身支度で、店で見飽きるほど見てきた顔がそこにある。

自分の、顔。

「コウ、さん……?」

「……涼?」

一時も視線をはずせない。

確かに目の前にいるのは『自分』だ。見間違えようもない。今日だって職場で何度も客の肩越しに鏡に映った顔だ。

「……なんで？」

自分でも間の抜けた声が漏れ出た。

無意識のうちにコウの顔を手でさする。まるで鏡の中に手を突っ込んでいる気分だ。なめらかな肌を擦り、切れ長の目元に触れる。ぽかんと開いたくちびるの際にも指をすべらせた。

相手も同じ気分なのだろう。両手で涼の顔を包み込み、まじまじと見つめてくる。

「どうして……俺の顔をしてるんだ」

「それは——こっちが訊きたいです。なんで？　どうして？」

「さっきぶつかった拍子に俺の顔が刷り込まれたのか？」

「そんなはずあるわけないじゃないですか。だって、あなたの顔は僕の顔ですよ」

「どういうことだ」

タクシーの明かりはもう届かない。ほの暗い場所でふたり、しつこく顔を触り続けた。

確かに、彼の顔は『自分』の顔だ。

わけがわからない。どうかすると声を上げてしまいそうな涼の手をぐっと掴んだコウが、従業員口の扉を開けて中へと引っ張り込む。

もつれるようにしてあとをついていき、控え室らしき場所に招き入れられた。

煌々《こうこう》とライトが点《つ》いた場所で、もう一度お互いの顔を見つめる。

「俺の、顔」

「……僕の顔です」

「どういうことだ？　そもそも俺はこんな声じゃ……」

喉仏《のどぼとけ》を押さえたコウが何度か咳払《せきばら》いをする。

「涼、なんか言ってみろ」

「……コウさん」

『自分』の顔をしたコウが眉間《みけん》に皺《しわ》を刻んで首をひねる。

「おまえの声、どこかで聞いた気が……」

「僕も同じ気持ちです」

「こっちに来い」

ロッカーが並んだ控え室には、ヘアメイクを整えるためらしい鏡張りの壁面がある。ホストたちの私物が並び、雑然としていた。メイクポーチやドライヤー、ヘアスプレーが並ぶ台の前でふたり並び、息を呑んだ。

そこには、自分とコウがいる。

手を伸ばしたのはコウが先だ。鏡に映る自分の顔を指で辿《たど》り、目を大きく見開いている。

「……なんで、……なんで俺がおまえの顔をしてるんだ。なんでおまえのスーツを着てるん

だ?」

まったく同じことを涼も言った。

どうして自分がコウの顔をし、派手なスーツを纏っているのだろう。

夢を見ているような気分で繰り返し鏡をのぞき込み、輪郭を指でなぞる。

もう、なにがなんだかわからない。

「……涼、おまえ……」

深く息を吸い込むコウがなにか言いかけたとき、扉の向こうから「おい、コウ!」と声が聞こえてきた。

「ゴミ捨て終わったか? 終わったらもう上がっていいぞ」

「と、とりあえずなにか言え、涼」

なにかと言われても。

頭の中が真っ白になりながらも背中を二度強く叩かれ、「はい!」と声を張り上げた。

断じて自分の声ではない。

「お、わり、ました」

「コウ?」

控え室の扉が開き、四十代とおぼしき男が顔をのぞかせる。

このホストクラブの店長のようだ。

「どうしたコウ。ずぶ濡れじゃないか。……その男は？」

「え、っと、ええと、あの」

あたふたとする涼の背後で、コウは何度も咳払いをしている。それから意を決したように口を開いた。

「すみません、先ほどまで——店にお邪魔していたのですが、ハンカチを忘れたようで、……その、コウさんに頼んで持ってきてもらいました」

「ああ、なるほど」

逞しい体軀《たいく》に黒の凝った織りのスーツを纏った店長は破顔する。

「先ほどまでいらっしゃいましたね。どうぞお気をつけてお帰りください。コウ、おまえも今夜はもう帰っていいぞ」

「……」

「どうした？」

男に問われ、コウに背中をどつかれる。

「は、い、はい、もう帰ります」

「なんでそんなに他人行儀な喋《しゃべ》り方なんだ。いつも横柄なのに」

「いえ、あの」

事態が呑み込めない涼の袖《そで》をコウが強く引っ張っている。

「……ありがとうございました。今日は帰りますね。また……来ます」

「はい、またのご来店をお待ちしています」

男は涼に笑顔を見せて扉を閉めた。

どちらが先に深いため息をついたのだろう。

まだ、なにもわからない。なにもかもがわからない。

「……帰るぞ」

「どこに？」

「俺の家だ」

短く言ったコウが——涼の顔をしたコウがロッカーからハイブランドのボストンバッグを取り出し、手をしっかり握ってくる。

どこにも逃げ場所はなかった。

逃げるという選択肢が、いまの涼にはなかった。

2

「とりあえず入ってくれ。シャワーが先だ」

「あの、でも僕、着替えを持ってなくて」

「それぐらい俺が貸す」

　連れていかれたのは、西新宿にあるタワーマンションだ。高層階に住んでいるらしいコウはボストンバッグからカードケースを取り出し、エレベーターに乗る。このカードがないと住人は自分の住まう階に辿り着けない仕組みのようだ。

　早足で三十階の角部屋に向かい、扉を開けて先に涼《りょう》が押し込まれた。

「もたもたするな。風邪引くぞ。おまえが先にシャワーを浴びろ。その間に俺が着替えを用意しておく」

「……わかりました」

　萎縮《いしゅく》しながら、指示された綺麗なバスルームに足を踏み入れる。引っ越してきてまだ間もないのだろう。サニタリールームもバスルームもぴかぴかだ。

いまは鏡を見たくない。自分の姿を確かめるのが怖い。

目をつぶって腕時計と指輪をはずし、全裸になってバスルームで熱いしぶきに打たれる。長いこと、シャワーヘッドの下に立ち尽くしていた。冷えた身体がじわじわと温《ぬく》もりを取り戻した頃、シャンプーとボディソープを借りて全身をくまなく洗う。

髪を洗っている最中に、いつもより癖が強めについていることに気づいたけれども、あえて無視した。

顔も洗ってやっと人心地ついたところで外に出ると、洗面台に新しい下着のパッケージとバスローブが置かれている。ありがたく借りることにした。

ふかふかしたバスローブに身を包み、バスタオルで髪を拭《ぬぐ》う。ドライヤーも置かれていたが、髪を乾かす間鏡を見るのが嫌で、使わないことにした。そのうち乾くだろう。

「出たか。じゃあ俺の番だ」

涼の顔をしたコウがふいっとサニタリールームに入ってくる。

「リビングにビールを出しておいたから呑め」

「……はい」

ぼうっとした意識でリビングに向かう。

二十畳以上はあるだろうか。広々としたリビングの窓の外には見事な夜景が広がっていた。黒の革でできたソファにローテーブル。大型液晶テレビにスタンドライト。アイランドキッチンにも余計なものがない。自炊をしないたちなのだろうか。歌舞伎町ナンバーワンのホストだから、外食がメインなのかもしれない。

シンプルな部屋の中をうろつくのも申し訳ない気がして、おとなしくソファに腰を下ろし、ローテーブルに置かれていた缶ビールを手にする。キンキンに冷えていて呑み頃だ。

プルタブを引き開け、一気に半分ほど呑み干して長く長く息を吐き出す。

あらためて自分の両手を見つめる。腕時計も指輪もはまっていない男の手は大きく、やはり自分のものではない。

夢を見ているみたいだ。

スイッチの入っていないテレビの暗い画面に映る自分の姿すら認めたくなくて、頭からかぶったタオルの陰でうつむいた。

やがて遠くから足音が聞こえてくる。コウがシャワーを浴び終えたのだ。

「もう一本呑むか?」

「お願い、します」

何本呑んでも酔えそうにない。

涼と同じオフホワイトのバスローブを羽織ったコウが缶ビールを二本持って隣に腰掛けてくる。それからお互いに無言でビールに口をつけた。

「……なにがどうなってるんだか……」

ため息交じりにコウが呟く。

「おまえ、シャワーを浴びてる間に自分の顔を見たか?」

「見てません。……怖くて」

「俺はじっくり見た」

低く呟いたその声は聞き覚えがあるようでいて、まるで他人事《ひとごと》のようにも思える。

「……おまえの顔をしていた。身体も確かめた。俺の身体じゃない。顔も、手も、胸も、足も、どこもかしこも俺じゃない」

「じゃあ、誰なんですか!」

くすぶっていた焦燥感が突然爆発する。気が短いほうではないのに声を荒らげた涼に、コウが顔をのぞき込んでくる。そして缶ビールをテーブルに戻し、両手で涼の頬を包み込む。

「これは、俺の顔だ。それから——これも、俺の手だ」

するりと手が落ちて、長い指に触れる。

「洗面台に置かれていた時計と指輪がぶかぶかだった。いまのおまえがはめたらしっくりするんだろうな」

「どういう……ことですか」

「……俺とおまえはあの路地で互いにぶつかって頭を強く打って転んだ。それは覚えてるか?」

「覚えてます」

「そして目を覚ましたときには、おまえは俺の顔をしていた。俺はおまえの顔になっていた。身体もな。——ひとつだけ、考えられることがある」

「なんですか、もったいぶらずに教えてください」

身を乗り出す。もう缶ビールを呑んでいるどころではなかった。

組み合わせた両手を額に押し当て、コウがうなだれる。

「非科学的すぎるし、オカルトもホラーもファンタジーも俺の趣味じゃない。……でも、これしか答えがない」

「……コウさん」

「ぶつかったとき、俺とおまえは入れ替わったんだ」

「は……？」

「こころが……たとえて言うなら……魂が入れ替わったんだろう。そうとしか思えない」

「コウさんと俺のこころが……入れ替わった？」

「ああ」

息を深く吐いてソファに背を預けたコウは、涼の顔で懐かしそうに目を細める。

「その顔は、俺の顔だ」

「あなたの、顔」

「そして、俺の顔はおまえの顔だ。……この身体すべてが、おまえのものだ。こころだけが、『俺』のままだ」

「そんな……そんなドラマじゃあるまいし。なにかの間違いですよ。ほら、一瞬気絶している間に誰かにいたずらでメイクされたとか」

「身体まで？　俺はバスルームで隅々まで確かめたぞ。これでも俺は歌舞伎町ナンバーワンのホストだ。ジム通いが趣味だって言っただろ。ボディメイクには自信があるんだ。でも、……いまの俺の身体はもっとほっそりしている。さっき、クローゼットでスーツを何着か着てみた」

「……どうでしたか」

「見事に全部ぶかぶかだった」

コウが嘆息する。

「すべてオーダーメイドのスーツだ。本来の俺なら合うはずだ。ジャケットもスラックスもワイシャツも、サイズが二回りは大きい。で、念のためおまえの服をもう一度着てみた。ぐしょ濡れだったけどな」

「どうでした……？」

何度も同じことを訊《たず》ねてしまう自分がばかみたいに思えてくる。

「サイズぴったりだ」

そこで言葉を切ったコウが缶ビールを呷る。

「……こんなこと、夢だとしか思えない。なあ、一発俺の頬をひっぱたいてくれないか」

「え？」

「お互いに悪酔いしてるだけかもしれん。ほら、ひっぱたけ」

コウがぐいっと近づいたことで、そこに『自分』の顔を見る羽目になってたじろぐ。

どこからどう見ても鏡を見ているとしか思えない。

目の前にいるのは、絶対に、なにがあっても、『自分』だ。それ以外何者でもない。

これが夢ならどんなにいいか。

息を吸い込んで、涼は間近に迫る顔を思いきりひっぱたいた。

「ッ……てえ！　おまえ、本気でひっぱたくことないだろ」

「す、すみません。……手がじんじんする……」

夢ならば、これほどリアルな痛みを感じることはないはずだ。

「じゃ、僕のこともひっぱたいてください。お願いします」

「わかった。いくぞ」

容赦なくひっぱたかれ、痛みに呻いた。細身に見えても、「ヨシオ　タケウチ」のスーツにふさわしくあるべくそこそこに鍛えているほうだ。そんな『自分』から加減なしに叩かれて呆《ぼう》然《ぜん》とする。

お互いに、頬がうっすら赤らんでいた。それを認めたら脱力し、力ない笑いがこみ上げてくる。ほんとうは可笑しくもなんともない。まだ現実感もまるきりない。

それでも笑うしかなかった。

「はは……頭をぶつけたぐらいで魂が入れ替わるなんて……どういうドッキリですかね」

「知らん。神様のいたずらだとしか思えない」

「神様のいたずらかあ……。もう一度頭をぶつけたら元どおりになりませんかね?」

「やってみるか?」

意気込むコウが身体ごと向き直って頭を摑んでくる。

「めいっぱいいくぞ」

「お願いします。火花が散るぐらい」

「……よし!」

涼からも、コウからも、お互いに額を力いっぱいぶつけた。

「……いってえ……!　おまえ石頭!」

「コウさんこそ!」

ほんとうに目から火花が散るほど痛い。

おそるおそる顔を見合わせたものの、望んだ変化はなかった。コウは『涼』の顔のままだ。

ひりひりする額をさすり、涙目でコウを見つめた。自分の顔、自分の身体、自分の声。

コウに『自分』を盗まれてしまった気分だ。それは彼も同じなのだろう。ため息を繰り返している。

それからおもむろに涼のバスローブの襟元を引っ摑んできた。がばっと開かれ、動揺するのは涼だ。

「ちょ、ちょっとなにするんですか！」

「確かめる」

じたばたともがく涼の胸をじっくりと眺め回したコウは、次いで下肢にも手を伸ばし、遠慮なくボクサーパンツの縁を引っ張る。

「コウさん……！」

あらわになった下肢を舐《な》めるように見回すコウに、顔から火が噴き出そうだ。ホストとはこうも破廉恥なのか。

刺さる視線が痛い。この身体は自分のものであって、自分のものではない。コウにしてみれば本来の己をただ確かめたいだけなのだろうが、昨日今日出会った相手に秘所を見られるというのは羞恥《しゅうち》の極みだ。

「……やっぱり俺だ……」

どこをどう見て自分だと確信したのか、いま訊く勇気はない。

力なくコウが手を離した隙に、慌ててバスローブをかき合わせた。腰紐《こしひも》も固く締めて、足をしっかり閉じる。

「まったく……どうしてこうなったんだか」

「それは僕も言いたいです」

ふたりそろってうつむいたとき、にゃあんと鳴き声が聞こえてきた。

真っ黒な猫が開けっぱなしのリビングの扉から入ってくる。しなやかに足音も立てず近づいてきて、ちょこんとコウと涼の足元に座ると、ふんふんと匂いを嗅ぎ出す。

「猫……」

「俺の飼い猫だ。名前はクロ」

「そのまんまですね」

「うるさいな」

クロはコウと涼の匂いを長いこと嗅いでいた。そして納得したようにコウの足にすりっと頭を押し付ける。

そのことにコウがほっとした顔を見せた。

「おまえにはわかるかー、クロ。やっぱり俺の猫ちゃんだな」

「猫ちゃん……この猫には、僕たちの違いがわかるんですかね」

「そりゃそうだろ。俺がこの世でもっとも可愛がってる猫だ。容姿は変わっても、匂いは以前のままなのかもな」

「同じボディソープを使ったからでは？」

「デリカシーがないな、おまえは。クロはちゃんとわかってるんだよ。野生の勘で」

「そういうものでしょうか……」

艶々した毛並みの黒猫に手を伸ばしてみると、興味深げに指先をくんくん嗅がれた。けれど、すぐにふいっとそっぽを向き、コウの脛《すね》に頭をごんごん押し付ける。

「そういえばごはんがまだだったな。いま出してやる」

涼の顔をしたコウが立ち上がる。クロが途端にそわそわしてその足元に纏わり付き、アイランドキッチンについていった。

戸棚をがさごそしていたコウがタッパーを取り出し、キャットフードを皿に盛りつけ、リビングの片隅に置く。どうやらクロはいつもそこで食事をするようだ。新鮮な水の入った皿も置かれる。

夢中になってフードを食べているクロを愛《いと》おしげに眺めている『自分』の横顔を、涼は複雑な気持ちで見つめていた。

神様がもしもいるのだとしたら罪なお方だ。どうして、よりにもよってホストの男と魂を入れ替えたりしたのだろう。そこらのサラリーマンだったらまだましだったのに。

「どうやったら元どおりになるんですかね……」

「わからん。というか俺の顔で情けない声出すな」

「すみません。でも、ほんとうに困ってしまって。明日だって仕事があるのに」

「俺もだよ」

頭をぐしゃぐしゃとかき回すコウはクロの食事の様子を見守っていたが、ひとつ深く息を吐き、腹をくくった顔を向けてきた。

「こうなったら、神様のいたずらに乗るしかない。涼、おまえ、今日からここに住め」

「は?」

「そんで、明日は一日病欠で休め。あさってからホストの俺として店に出ろ」

「は? ……は?」

「明日この状況をみっちりと把握する。俺はおまえとして服を売りに行く。そのためにも明日一日互いの状況を叩き込むんだ。同居する中で解決策を見いだそう」

「でも、そんな突然」

「こんなことになっちまったんだからしょうがないだろ。臨機応変に対応していかないと。お互いにそう簡単に長期で休めない仕事があるんだ。いきなり姿を消したら周囲に心配をかけるだろ」

「そう、ですけど」

「話は決まりだ。早速おまえんちに行ってありったけの服を運ぶ。なに、心配するな。この部屋にはゲストルームがあるんだ。ベッドとクローゼットがあるぐらいだが、ホテル暮らしとさほど変わりない。覚悟を決めろ、涼」

ぐっと睨《にら》み据えられ、言葉に詰まる。

自分でも、こんな怖い顔をするのだ。

片や、コウとしての自分は戸惑った顔をしているだろう。けれど、コウの瞳は揺らがない。

その目の底に強い決意を見つけ、涼はこくりと頷いた。


深夜にタクシーをかっ飛ばし、涼の住まうマンションから仕事用の衣服と私物を詰めた大型スーツケースを運び、再びコウのマンションへと舞い戻ってきた。

コウのクローゼットからド派手なスーツ類を涼のゲストルームに移し、涼の服をコウの部屋へと運び込む。

ゲストルームは確かにシンプルだが、思っていたより豪華だ。ベッドはワイドダブルだし、凝った彫りが施されたサイドボードには液晶テレビもある。ちいさなテーブルと椅子、小型の冷蔵庫まであり、しばしの同居生活なら困らないだろう。

その、しばし、がいつまで続くかわからないが。

もし、一生このままだったらどうしよう。何度頭をぶつけても元どおりにならなかったら。

「そう気落ちするな。大丈夫だ。俺がなんとかする」

「コウさん……」

きっぱり言い切ったコウにうっかりときめいてしまう。いや、いまは『自分』の顔をして『自分』の声帯を持つコウなのだが。

己に惚れ込むほどナルシストではないので自制したいところだけれど、コウの魂が入った『自分』はいつもより男っぽく見える。さすが歌舞伎町ナンバーワンの魂が入っただけのことはある。

お互いに身体に馴染むパジャマに着替えたところで、「今夜はとりあえずゆっくり寝ろ」とコウが肩をぽんと叩いてきた。

「疲れてるだろ。俺も結構しんどい。詳しい話はまた明日だ」

「……寝て起きたら、元に戻ってるかもしれませんしね」

「だな。そこに期待しよう。じゃあな、おやすみ」

ベッドヘッドのランプだけが点いたゲストルームにうながされ、涼はうしろ手にぱたんと扉を閉じた。

おやすみ、と言われたところですんなり眠れるだろうか。

ふわふわの羽毛布団をめくってベッドに入り、瞼《まぶた》を閉じる。この瞼だって睫毛《まつげ》だって、コウのものだ。

ランプを消し、何度も寝返りを打つ。さっきぶつけた額がまだうっすら痛い。

痛みを植え付けられたのはコウの身体で、痛みを感じるのは『自分』のこころだ。

どうにもならないちぐはぐさにため息をつき、横向きになって胎児のように布団の中で身体を丸める。

とくとくと鳴る心臓もコウのもの。でもそこに宿る想いは、『自分』のものだ。

思っていたより疲労が溜まっていたらしい。

うとうとし始めた涼は、次第にゆっくり深く呼吸を繰り返し、眠りに引き込まれていく。

次に目を覚ましたとき、この悪夢が終わっていることを心底願って。

水底からふわりと意識が上昇する。

眠りから目を覚ました涼はがばっと起き上がり、自分の手、そして身体を確かめ、ため息をついた。

コウのままだ。

昨日の悪夢はまだ続いているのだ。

そう簡単に解決しなかったか。

ベッドから下り、カーテンを開く。まだ朝の六時だ。

軽い空腹を覚えて部屋を出ると、キッチンにはもうコウがいた。

「おはよう。やっぱり元に戻らなかったな」

「ですね、……おはようございます」

スマートフォンと、昨日コンビニで買ったサンドイッチと野菜ジュースを持ってソファに腰掛ける。

「サンドイッチ、半分食べます?」

「いや、いい。俺はコーヒーだけで」

コーヒーメーカーからマグカップを取り上げ、コウが隣に腰掛ける。

猫のクロはもう朝ごはんを食べ終えたみたいで、コウのそばでごろごろと喉を鳴らしている。

「よく眠れたか?」

「途中で何度か目を覚ましましたけど、なんとか。コウさんは?」

「ぐっすり眠っちまった」

なんとも肝の据わった男だ。

「クロがそばにいてくれたから眠れた。なー、クロ」

にゃぁんと鳴いてクロがしっぽを一度振る。

「とりあえず、俺のほうは今日病欠することにした。店長にはもう連絡を入れてある。おまえも電話しとけ」

「はい……」

スマートフォンから石住《いしずみ》に電話をかけると、先方ももう起きていた。

昨日の雨に打たれてどうも風邪を引いたみたいだ、申し訳ないが今日一日休ませてもらえないだろうかと告げると、『構わないよ、お大事に』といたわる声が返ってきた。

「大丈夫です。休めそうです」

「店長、いい奴みたいだな。名前は」

「石住さんです。とても面倒見がよくて、尊敬できるひとです。売り上げもいつも一位なんですよ」

「へーえ。他の同僚は？」

「橋本《はしもと》さんという二番手がいます。明るくて賑やかな実力者です。あと、他には……」

指を折って同僚を数え上げ、特徴を伝えていく。

みんな、信頼できるいい仲間だ。

「なるほどな。だいたい把握した。俺は接客業に慣れてるから、百貨店で服を売るのなんてなんのことはない。ひとの名前と顔を覚えるのも得意だしな。問題は涼、おまえだ。今日からおまえはホストクラブ『J』のナンバーワンホストだ。ホストは女に夢を売る。ときにはきわどい誘惑をすることもある。相手から誘われることだってある。そこでおまえに言っておきたいことがある。よく聞け」

「はい」

「その一、枕《まくら》営業は絶対にしないこと。その二、相手の私生活に必要以上に踏み込まないこと。その三、ボトルはじゃんじゃん入れてもらえ。——以上だ」

「はあ……」

なんとも気の抜けた返事しかできない。

「枕営業って……その、……あの、つまり、お客様と……ベッドをともにするということですか」

「そうだ。色恋営業は度を超すとやっかいになる。同伴出勤やアフターは必要だが、セックスしてまで客を取るのは俺の信条じゃない」

ゲイとしてその点は非常に助かる。

「相手の私生活に必要以上に踏み込まないっていうのは、どういうことですか?」

「これは服を売ってるおまえもわかるだろ。客にだってプライベートがある。旦那や恋人がいるのにホスト通いをする女は大勢いるんだ。相手から私生活について相談を持ちかけられても、本気に取るな。仕事の愚痴はいくらでも聞け。呑んで騒いで憂さを晴らしてもらうのがホストクラブの役目だ」

「ボトルをじゃんじゃん入れてもらうというのは」

「売り上げに繋がる。酒の種類は多くあるが、いまは無理して覚えなくていい。俺の太客ならあっちが勝手にばか高いボトルを入れてくれる。そのときにためらうな、怖じけるな」

「ちなみに、一番高いボトルっていったいいくらぐらいなんですか」

「五百万だな」

「ご……！」

「そんなんで驚くな。めったに開かないが、三千万のボトルもある」

「さ……んぜん……」

思わず声がひっくり返ってしまった。

涼の年収よりも高いではないか。三千万円あったらマンションが買えるではないか。そんな酒がひと晩にぽんぽんオーダーされるなんて、ホストクラブは怖いところだ。

しかし、いささか興味はある。

どんな客がやってくるのだろう。

こちらとて、接客をなりわいとしているのだ。女性にこころを動かされることはないぶん、冷静に相手を確かめることができる気がする。

想像するのは、金持ちのマダム、起業家の裕福な女性、水商売の女性。メインはそんなところだろうか。顔面偏差値の高いコウの客ならば、一筋縄ではいかない気がする。

どんな言葉を交わせばナンバーワンの位置を維持し続けられるか心配ではあるが、接客はいつだってぶっつけ本番だ。冷やかしでやってきた客にも丁寧に接し、顧客ならばさらに腰を低くする。

「言っておくが、俺相手の客にぺこぺこするなよ。俺の威厳が損なわれる」

こころの裡《うち》を読んだかのようなコウの言葉に、慌ててこくこく頷く。

昨日まで俺様だった男が、いきなり平身低頭したら誰だって驚くだろう。

「頑張ります。なんとか僕なりにあなたを演じて、ナンバーワンの座を守ります」

「その意気だ。で、おまえの職場での成績は？」

「……いつも、だいたい三位です。今月はなんとか二位だったけど」

「パッとしねえな。だったら俺が岡野《おかの》涼として一位に昇り詰めてやる」

腕を組んで胸を反らすコウにしばし見惚れた。

ここまで自信たっぷりな『自分』は一度も見たことがない。

魂が入れ替わらずとも、こんな顔をする自分でいられたら。そう思わずにはいられない。

『自分』の顔をしたコウならば、石住を軽々追い抜かしてあっさり売り上げ一位になりそうだ。

「おまえの職場で気をつけることはあるか？　あるなら聞いておく」

「とくには……コウさんが困ることはないかと」

「太客はいるか？」

「太客……どっさり買ってくれるお客様のことですよね。さすがに五百万も買ってくれる方はいませんが、これから大物が動くシーズンです」

「大物？」

「アウター類のことです。コートとかダウンジャケットとか。僕が勧める『ヨシオ　タケウチ』は一応ハイブランドなので、それなりの価格です。ウィンドウショッピングで終わる方も多いですけど、馴染みの顧客が来店したら今季新作のアウターをまずお勧めします」

「なるほどな。ただふらっと店に入ってなにも買わずに帰る客もいるってことか。そこはホストクラブと大きく違うな」

「ええ。メンズブランドとしては高級なので、憧れてくださっても実際のお買い上げに繋がらない方はそれなりにいます」

「顧客に電話営業をしないのか？　ホストはするけど。ＬＩＮＥでも『今夜来ないか』って誘いはよくする」

「洋服を売る立場で電話営業はほとんど聞かないです。百貨店で年間何百万も買ってくださるお客様には外商がつきますが、一店舗の店員がじかに電話をかけることはありません。ダイレクトメールぐらいでしょうか」

「かったるいな。『いい商品が入ったから買いに来てくれ』ぐらい言ってもいいのに」

「ごもっともです。実践しているブランドもあるかと思うのですが、うちはやっていなくて」

「焦《じ》れったい」

腕組みをしたコウが眉間に皺を刻む。そんな『自分』を他人事のように見ながら、頭の片隅ではホストのコウとしてうまく振る舞えるだろうかと思い悩んでいた。

何度も会ったわけではない。ホストのコウの立ち居振る舞いを見たのは昨夜一度かぎりだ。あの堂々とした態度。声の発し方。さりげない仕草は一日で身につくものではない。そんな男になりきれるかどうか。

「……とにかく、やってみるしかないな」

「そう、ですね。こうなってしまったからには」

顔を見合わせ、ひとつ頷く。

なにもかもめちゃくちゃで、どうなることかさっぱりわからないが、このおかしないたずらが解けるまではなんとかしのがなければ。

「スマートフォンは俺のものを使え。ほとんど仕事の用件ばかりだ。客からのＬＩＮＥの返信はまめにしてくれ」

「わかりました。僕の電話もあなたが使ってください」

「いまさらだが、恋人とかパートナーとかいないのか？　先に言っておくがいまの俺はフリーの元気な二十八歳だ」

「同い年です。お恥ずかしながら、恋人はいません。なので、気を遣わなくても大丈夫です。ホストのコウさんほど電話がかかってくるとは思えないし。実家は九州で、月に一度ＬＩＮＥがあるかないかぐらいです」

「九州か。いいな、暖かいところは食事が美味い。俺は東京《とうきょう》生まれの東京育ちだ。下町だけどな。ちなみに親兄弟はいない」

「……亡くなった、とか？」

「いや、物心ついたときから施設育ちなんだ。若い夫婦が俺を産んでみたものの、育てきれなくて施設に預けたらしい。だから家族はいない。面倒な連絡は来ないから安心しろ」

そう言われ、ほのかに寂しい。

親元を離れて久しく、実家に帰るのも年に一度ぐらいだ。それでも、戻ったときには両親は笑顔で出迎えてくれ、ひとりっ子の涼に食べきれないほどの食事を作ってもてなす。数日滞在し、『東京に帰るよ』という日が来ると、最寄り駅まで車で送り、改札前でいつまでも手を振るのだ。

溺愛《できあい》というほどではないにしろ、可愛がられて育ってきたほうだと思う。だから、これまでにも大きく道を踏みはずしたことがなかった。同性を愛する性向だけが枷《かせ》ではあるものの、生まれ持った性分だ。いつか愛し愛されるひとが見つかればいいと願っている。

「この顔と身体、……大事にします」

ワッフル素材でできたパジャマを身に着けた自分の身体を軽く抱き締めるようにする涼に、コウは不敵に笑った。

「その身体、思いきり使ってやってくれ」

3

病欠として一日休み、コウとじっくり話し合って途中で出前を取り、その日は終わった。『自分』の顔をしたコウの仕草をつぶさに拾い、片っ端から真似してみたものの、まだいまいちしっくり来ない。

「とにかく、出たとこ勝負だ」

そう言ってコウに励まされるうちに夜が来て浅い眠りを繰り返し、やがて朝が来た。

いつもの癖で早めに起きた涼《りょう》はコウの寝室をそっとのぞく。部屋の主《あるじ》は大の字になって眠っていた。朝の七時。そろそろ起きて出勤の準備をしてもらわねば。

自分の出勤は夕方だ。寝足りないから、コウを送り出したあとにもうすこしベッドでごろごろしよう。

そのうちコウの寝室からスマートフォンのアラームが賑《にぎ》やかに聞こえてくる。三回スヌーズにし、四回目でやっと起きてきた。まだ眠そうな顔だ。

「朝ごはん、作りましょうか」

「……いや、いらん。熱いコーヒーだけでいい」

「でも、せめてトーストと目玉焼きぐらい。立ち仕事は結構お腹空《す》きますよ。ぱぱっと作っちゃいますから、一緒に食べましょう」

「わかった……シャワー浴びてくる」

「いってらっしゃい」

よたよたとバスルームに向かうコウを見送り、よし、とパジャマの袖《そで》をまくる。昨夜遅くにコンビニで食パン、マーガリン、たまごにベーコン、オレンジジュースを買っておいた。コウの冷蔵庫はビールしかなかったからだ。

キッチンには一応、レンジとトースター、フライパンと鍋、ケトルがあった。食器もある。気の向いたときだけなにか簡単に作るのだろう。

トースターでパンを焼いている間に、手早くベーコンエッグを作った。軽く塩と胡椒《こしょう》を振りかけたベーコンがいい香りを立てる頃、シャワーを浴び終えたコウがあくびをしながらダイニングルームに入ってくる。

続きになっているリビングのテレビを点《つ》けてぼうっと眺める『自分』の顔をやっぱりどこか信じられない思いで見つめながら、コーヒーメーカーからマグカップに注ぐ。

「どうぞ、食べましょう」

ふたりぶん作った朝食をテーブルに置くと、眠たげにまばたきを繰り返していたコウが「いただきます……」と小声で言い、トーストを囓《かじ》る。それから熱いコーヒーも。

「お互いに今日から出勤ですね。僕はもうすこし寝てから、支度します。僕の職場でなにかわからないことがあったらすぐに電話ください」

「うん……まあ、なんとかなるだろ。俺だし」

すごい自信だ。自分もそれぐらい言ってみたい。

「おまえのほうも客のあしらいで不安なことがあったら俺に電話しろよ。ちょうどお互いに働く時間が逆転するから、こまめに連絡を取り合おう。そういやおまえ、酒には強いか？」

「そこそこ、だと思います。コウさんは？」

「酒豪。ボトルをぼんぼん入れてもらう立場だからな。とりあえずいまのところ入れ替わったのは魂だけみたいだし、俺の身体のままだったらそれなりにいけるだろ」

「無理しないようにします」

「客には気持ちよく呑《の》ませろよ」

「了解です」

言い合う間に、コウの皿が綺麗《きれい》に片づいていく。なんだかんだ言っていても腹が減っていたようだ。アパレルの店員というのはほぼ一日中立ちっぱなしだし、接客のタイミングによってはトイレに行くことすら難しい。昼食は四十五分。合間、合間に休憩が入る仕事に、コウは果たして馴染《なじ》むかどうか。

自分のことすら覚束《おぼつか》ないのだから必要以上に気を揉《も》んでも仕方ないのだが、やはり案じてしまう。

腹がふくれ、ホットコーヒーを流し込んだら目が覚めたらしい。

「支度する」

「お手伝いします」

「大丈夫だよ。スーツ着てネクタイ締めるだけだろ」

「そうなんですけど」

派手好きなコウのことだ。なにをどう組み合わせるか心配だ。

頭をくしゃくしゃかき回しながら寝室に向かうコウについていく。

クローゼットの扉を開いて中をのぞき込むコウがぶつぶつ言っている。

「色気が足りねえなあ、色気が。どれもこれもお堅いスーツばかりだ。柄シャツはないのか。サテンやシルクでできたやつとか」

「ないです。シルクのネクタイで我慢してください」

ダークブルーのスーツに明るいイエローのネクタイを合わせたコウは、スタンドミラーの前で何度もチェックしている。

「なーんか地味なんだよなあ……。せめてペイズリー柄のシャツとかあればいいのに」

「花柄のシャツだったら今季の新作であるんですけど、僕自身似合わないから買ってなくて」

「社割とか効くのか？」

「効きます」

「だったら買う」

即答するコウの明日からのコーディネイトが不安だ。

サニタリールームで髪をセットし、涼が使い慣れた鞄《かばん》を持ったコウが玄関で靴を履く。

「怖いぐらいにしっくり来るな……」

本来のコウは靴のサイズが涼よりも大きいのだろう。革靴の紐《ひも》をきっちり締めたコウが粋な感じで手を振る。

「じゃあな、行ってくる」

「いってらっしゃい、気をつけて」

パタンと扉が閉まる。

ひとり残された涼はしばしその場に立ち尽くしていた。

『コウ』としての一日が始まったのだ。

LINEでコウの客に営業をかけるのは昼過ぎにして、いまはもうすこし休もう。

まだこころが追いつかない。

寝よう寝よう、そうしよう。

自室に戻ってベッドに転がる。緊張で目が冴《さ》えてしまうかと思ったが、昨晩の睡眠が浅かったせいか、二転三転しているうちにいつの間にか眠りに引きずり込まれていた。

次に目を覚ましたのは昼過ぎだ。

半端な時間にベッドに入ったせいか、眠気がなかなか抜けない。

重たい瞼《まぶた》を擦りながら、がらんとしたキッチンへと入る。熱いコーヒーを飲みつつ、ぼんやりとコウから預かったスマートフォンを弄《いじ》った。

顔認証型のスマートフォンなのだが、いまの自分は『コウ』だ。難なくロックを解除し、他人のスマートフォンをおそるおそる眺める。

ニュースアプリにゲームアプリがずらり。どうやらコウはゲームを楽しむ性格らしい。ニュースアプリが数種類あるのにもちょっとびっくりした。世情に疎くてはホストはやっていけないのだろう。

ＳＮＳのアプリもいくつかある。ツイッターやＬＩＮＥをよく使っているようだ。試しにＬＩＮＥを開いてみると、女性とおぼしき名前がずらずらと並んでいる。

明里《あかり》に朱美《あけみ》、恵美子《えみこ》にカレン、幸子《さちこ》にせりな。

どうやらあいうえお順に並べているようだ。

「几帳面《きちょうめん》だな……」

スクロールしてもしても、まだまだ女性の名前が出てくる。和歌子《わかこ》、という最後の名前に突き当たったところで、ため息を漏らした。

こんなに多くの客を抱えているなんて。

今夜、『コウ』としてクラブ「J」に出勤した際、彼女たちに中身が入れ替わっていることを悟られないよう重々気をつけなければ。

LINEのトーク欄を見ると、眠っている間に数人の女性からメッセージが届いていることに気づいた。


『コウくん、こんばんは！　この間は楽しかった～。次に行くときは新しいボトル入れるね』

『コウさんとお喋《しゃべ》りできて楽しかったです。次回はアフターしましょう』

『コウくんが今月もナンバーワンになれるよう、ちょくちょく通うからね！　忙しいだろうけど、身体に気をつけてね』

『今月もシャンパンタワー作ろ！』

メッセージをざっと読むかぎり、コウは顧客に愛されているようだ。

昨夜のコウのホスト談義を聞いたところ、ホストクラブ「J」では、毎月ナンバーワンを競ってホストたちがしのぎを削るらしい。ここ数年はコウがぶっちぎりで一年間ナンバーワンを守り抜き、年末に豪華なシャンパンタワーを築いて祝っていたと聞いた。

今年ももちろん、と言いたいところだが、そこでコウは口ごもり、『とにかくがむしゃらに頑張れ』とだけ呟《つぶや》いた。

さらにメッセージを読む。ふと、一通のメッセージが目に留まった。

『コウくん、トオルくんには絶対負けないでね！　わたし、頑張って次はルイ13世入れるから』

トオル――コウを追うナンバーツーだ。

一昨日《おととい》の夜、客として「J」に行ったとき会っていないので、どんな男なのか皆目わからない。客のメッセージを見るかぎり、トオルはなかなか手強《てごわ》いライバルらしい。

このトオルを出し抜き、今月の一位を守ることがいまの涼の目標だ。

魂の入れ替わりがすぐに終わればいいが、神様のいたずらが続くようなら、なにがなんでも年間ナンバーワンを奪取しなければいけない。

そのためにはどうするか。

コウらしく振る舞うのが一番だ。客に真実を悟らせてはいけない。

あくまでも、傲岸不遜《ごうがんふそん》なコウらしく、ぐいぐい突っ込んでいくことにしよう。

深く息を吸い込み、コーヒーを飲み干す。

ふと気配を感じてリビングの戸口に目をやると、ほっそりした黒猫がゆっくり入ってくるところだった。

クロだ。

いままでコウのベッドルームで眠っていたのだろう。すこし離れたところでちょこんと前脚をそろえて座るクロに微笑《ほほえ》み、「お腹、空いたかな」と声をかける。クロはじっと黙っていた。

魂が入れ替わったことに、クロは野生の勘で気づいているのか。

猫を怖がらせないようそっと立ち上がり、前もって教えてもらっていたキッチン下の棚からキャットフードを取り出し、皿に盛りつける。水も交換し、所定の位置に置く。

涼がその場から遠ざかるとやっとクロが歩き出し、フードを食べ始めた。

かりかりとドライフードを嚙《か》み砕くちいさな音に、やけに和む。

いつかクロとも親しくなりたい。前から猫は飼いたいと思っていたのだが、涼の住んでいたマンションはペット飼育が禁じられていたのだ。

艶《つや》めくクロの信頼を得て、そのしなやかな肢体をやさしく撫《な》でられたら。

ともあれ、いまはコウとして動かなければ。

届いていたＬＩＮＥに『おはよう、メッセージありがとな。今日は店にいるから、時間空いてたら来て』と返信し、クローゼットの中から一番主張の激しいスーツを選んだ。

玉虫色のぎらぎらしたスーツにブラックシャツ。アッシュブロンドの髪をワックスでゆるく整え、サニタリールームの鏡に向かう。

そこにいるのは、コウだ。

でも、こころは『自分』のままだ。

慣れない服に袖を通したような不可思議な感覚を覚えながらマンションを出て、十六時過ぎにクラブ「Ｊ」に入った。

「あっ、おはようございますコウさん」

「コウさん、おはようございます」

若手のホストたちが笑顔で次々に声をかけてくる。それにひとつひとつ丁寧に「おはよう」と返していくと、みんな、目を丸くする。

「コウさんが……」

「コウさんがおはようって言ってくれた……」

「めずらしい……いつも無言なのに」

どうもコウは同僚たちにも横柄に振る舞っているようだ。涼にとって挨拶《あいさつ》は必要不可欠だが、コウは違うのだろう。ちょっとしたことでもボロが出そうなので、わざと眉間《みけん》に皺《しわ》を刻み、不機嫌そうな顔をし、控え室の扉を開けた。そこでも数人のホストたちから挨拶されたものの、口を閉ざして頷《うなず》くだけに留めた。

——どんな態度を取ってるんだ、あのひと。

独りごちりながら店内清掃に励んだあと、控え室一番奥の椅子に腰掛ける。開店は夕方の十七時から。今日は同伴する女性がいないとコウに聞かされていたので、ひと安心だ。

仲間のホストたちは他愛ないお喋りで盛り上がっている。手持ち無沙汰《ぶさた》の涼も話の輪に加わろうとしたけれど、まだ初日なのだし様子見をしたい。

とりあえず、煙草《たばこ》を吸うことにした。

本来の自分であれば、非喫煙者だ。しかし、魂が入れ替わったことで、いまの自分は『コウ』として堂々と煙草を吸うことができる。

四角いパッケージをジャケットの胸ポケットから取り出し口に咥《くわ》えると、近くにいた若手ホストがさっとライターの火を近づけてくれる。

「ああ、ありがとう」

「い、いえ。コウさん、今日は穏やかですね。どうかしたんですか？」

「いや、あの、その……まだ風邪気味かもな」

「昨日久しぶりに病欠してましたもんね。俺、よく効く風邪薬持ってますよ。飲みますか」

「大丈夫だ。家を出る前に飲んできた。……その、きみの名前は……」

「タカオですよ、やだなあコウさん。いつもお世話させてもらってるじゃないですか。きみ、なんて呼ばなくていいんですよ。『おい』とか、『タカオ』とかで。もしかして、記憶喪失になっちゃったりして？」

「そんなわけがないだろう。風邪薬の効果でぼうっとしてるんだ」

冷や汗をかいた。

黒髪の短髪で笑顔が爽《さわ》やかなタカオはガタイもよく、体育会系らしい。すかさず綺麗な灰皿を手元に置いてくれる。

その屈託のない笑顔を見ていると、こころが落ち着く。もともとの『コウ』も、このタカオを可愛がっていたのだろう。人懐こい笑みには裏がない。

——彼はきっと味方だ。

そう確信する。仕事中になにか困ったことがあったら、タカオに頼ろう。

タカオも美味そうに煙草を吸い出す。白のスーツが目に眩《まぶ》しい。ピンクストライプのシャツを合わせ、胸元を大きく開いているところがさすがホストだ。

様子を窺《うかが》うと、みんなさまざまな格好をしている。スーツ着用は決まりらしいが、柄、色は問わないようだ。ネクタイを結んでいる者はひとりもいない。

タカオが吸っている煙草は自分と同じ銘柄だ。そのことにもほっとし、しみじみと「煙草、美味いな」と呟く。初めて吸い込んだ煙はずしんと胸の奥底に入り、軽い酩酊感《めいていかん》が味わえる。

「ですよねえ。開店前と閉店後の煙草が一番美味いです。コウさん、今日もガンガンお客さん来そうです?」

「たぶん、な」

「またまた謙虚になっちゃって。コウさんがうちの看板ホストなんだから、もっとこう、バシッと言ってくれないと。いまどきめずらしいぐらい俺様ホストなんですから」

「……普段の僕……いや、俺はそんなに傲慢か?」

「そうはっきり言っちゃうと語弊が生じちゃいますけど、もう、断然、俺様のために世界がある! って感じですね。先月の売り上げなんかとうとう一億超えたじゃないですか。あー憧れる」

「い……」

一億とは。

涼だったら額に汗して働いても稼げない額だ。

それを彼らは軽々と叩《たた》き出す。

いったい、どんな接客をしているのだろう。女性たちとどんな会話をしているのだろう。

額に手をやると、ほんのり熱い。知恵熱かもしれない。

「……やっぱり、タカオの言うとおりだな。今夜の俺はちょっといまいちだから、おまえのサポート役に回るよ」

「え、マジですか。コウさん目当てのお客さんに俺がついていいってことですか？」

「ああ。もちろん同席させてもらう。……なんというか、初心を思い出したくてな。うまく言えないが、おまえの接客をそばで見て、勉強させてもらいたい」

「うっそ、こっわ。あとでお仕置きされそう」

けらけら笑うタカオは裏表がない表情でにこやかだ。

信用に値する男だ。

こっちだって、だてに百貨店で働いていたわけではない。いい人物、悪い人物、怪しい人物ぐらいの見分けぐらいつく。

商品を売る立場としていい人物とは、大盤振る舞いしてくれる客だけではない。長いこと「ヨシオ　タケウチ」の服を愛してくれて、定期的に通ってくれる者もありがたい客だ。

悪い人物とはまさしくそのまま。店内中の商品を引っかき回し、無言で帰っていく者。

一番やっかいなのが怪しい客だ。初見ではよい客か悪い客か見分けがつかない。そのくせ、長っ尻して延々と自分語りして帰っていく。気まぐれのようにハンカチやチーフなどの小物を買ってくれるので、悪い客とは言い難い。しかし、扱いに困るのだ。

このホストクラブにも怪しい客は来るのだろうか。

女性に興味がないぶん、数日はタカオについて勉強したい。なにをどう言えば女性が喜ぶか、皆目見当がつかないのだ。

控え室にある冷蔵庫からタカオがゼリー飲料を持って渡してくれた。それと肝臓に効くサプリも。

「コウさんでも体調を崩すことがあるんですねえ。雨か槍《やり》が降りそう。でも、今日のコウさんはいつもよりなんというか、ストイックな感じなのがまたいいですよね。いつものオラオラな感じが薄まって、誰もが憧れちゃう大人の男って雰囲気」

「タカオだって笑顔がいいじゃないか」

「俺、ばかなんで。へらへら笑うぐらいしか能がないんですよ」

「どんな状況でも笑えるって強いぞ」

これまでの接客経験を思い出しながら呟くと、タカオは驚いたように目を瞠《みは》る。

「今日のコウさん、ほんっと別人って感じ……また惚《ほ》れちゃうお客さんつきますね、絶対」

「い、いや、今日はたまたまだから。明日からはいつもの俺だから」

憧れのまなざしから逃れるように、もう一本煙草に火を点け、店に来る前に買ってきたスポーツドリンクの蓋《ふた》をねじ開けた。

煙草を吸いながらドリンクを飲み、タカオと他愛もない話をしているうちに刻々と開店時間が迫ってくる。

ジャケットのポケットに入れていたスマートフォンが軽く振動した。見てみると、コウからのＬＩＮＥが届いている。

『うまく行ってるか？　こっちはいま休憩中だ』

『お疲れさまです。タカオさんという方のおかげでなんとかなりそうです』

『クロにごはんはあげたか』

『あげました。水も取り替えてます。コウさんのほうはどうですか。僕の職場で困ったりしてませんか』

『好きなときに煙草が吸えないのがつらい。あと、おまえ普段はかなりだんまりらしいな。今日入ってきた客全員に声がけしてたら、店長や同僚にびっくりされた。別人みたいだなって』

『まさにそのとおりなんですけどね。あの、あまり強引な売り方しないでくださいね』

『なに言ってんだ。この俺だぞ。絶対にナンバーワンになってやる』

意気込むコウを案じるけれども、ここでなにを言っても聞く耳を持たないだろう。

『元に戻ったとき、僕がいづらくなるようなことはしないでくださいね』

『わかったわかった。そっちこそ、俺のナンバーワンを死守しろよ。数日はタカオの様子を見ながらホストたるものはどんなものか、学んだほうがいい。くれぐれも、軽率に頭を下げるな。おまえはクラブ「J」のナンバーワンなんだ。ここぞというときにバシッと行け』

言うだけ言ってメッセージは途切れた。休憩時間が残り少なくなったのだろう。

煙草を吸いたくても非喫煙者の涼の身体に入ってしまったコウの魂は、いまごろスーツの胸ポケットをむなしくまさぐっているはずだ。

その光景を思い浮かべながらちいさく笑っているうちに、ホストたちががたがたと席を立つ。開店時間だ。

十七時という、夜の町としてはいささか早めのオープンに客は来るものなのか。

「コウさん、今日は俺がサポートしますね。開店直後はご新規さんがちょこちょこ来るから、楽勝ですよ」

「こんなに早い時間帯でもやっぱり客は来るんだな」

「そりゃそうですよ。会社帰りの女性が多めですよね。コウさんはあちこちのクラブをめぐって、好みのホストを見定めるって感じの新規客も一発で顧客に変えちゃう魔性の男じゃないですか」

「俺が……」

まるで実感がない。

イケイケな俺様であるコウの接客で、女性はよろめくものだろうか。考えても想像がつかないが、とにかくやってみるしかない。コウはコウで頑張っているのだし。

煌《きら》びやかな店内へホストがぞろぞろと向かう。涼もそのあとをついていき、『待機ボックス』と呼ばれるホストたちが客を待つブースに入る。コの字型の待機ボックスの出入り口付近に座ろうとすると、慌てたタカオに肩を押された。

「コウさんはそこじゃないです。そこは新人ホストの座る下座。コウさんが座るのは上座です」

「初心を思い出すって言っただろ？　たまにはいいかなと思って」

「さっすがーコウさん！　でも示しがつかないので上座へどうぞ」

ホストが座る場所にも決まりがあるのだ。

うながされ、最奥の席にちょこんと腰を下ろしたものの、周りのホストたちが目を丸くしていることに気づき、慣れないながらも両足を大きく開いてどかりと座る。

なんだか落ち着かない。

賑やかなダンスミュージックが流れる中、「いらっしゃいませ！」と陽気な声が聞こえてくる。もう客が来たのだ。店が開くのを待っていたのだろう。百貨店でも、開店前から待ってくれている客がいるのと同じだ。

「初めてですよね？　どうぞあちらのテーブルへ」

ふたり連れの女性たちがおそるおそる入ってくる。どうやらホストクラブは初めてらしい。

若手ホストに連れられて、店の真ん中あたりのテーブルにつく。

「システムをご案内しますね。初回のお客様は二時間三千円で呑み放題です。アルコール、ソフトドリンク、お好きなものをどうぞ。ホストは十五分ごとに入れ替わります。お眼鏡にかなうホストがいたら、遠慮なく指名してくださいね」

はきはきとした声がよく聞こえ、勉強になる。

コウの姿をしていても、中身は新人ホストの涼だ。タカオをはじめ、同僚たちの立ち居振る舞いを逐一見て学ばなければ。

清楚《せいそ》な服装をした女性たちに、次々にホストがついて挨拶を交わし、話を盛り上げて名刺を渡していく。十五分ごとにホストが入れ替わるのは客にとっても忙《せわ》しい気がするけれど、好みのタイプを探すにはうってつけだ。

「コウさん、俺行ってきますね。今日はトオルさんが休みだから、最後にコウさんがどうぞ」

ナンバーツーのトオルはオフだと聞いて、なんとなくほっとした。初日から争いたくない。

タカオが待機ボックスを出て、客のテーブルへとついた。

「こんにちはー、タカオです。盛り上がってます?」

如才なくタカオが挨拶し、客たちと賑やかに喋り出した。入店してから一時間は経過している。客のほうもアルコールが入って気が解《ほぐ》れてきたのだろう。タカオの話に笑い転げ、頬をほんのりと赤く染めていた。

「せっかくだから、うちのナンバーワンを呼んじゃいましょうか。コウさん、どうぞ!」

タカオの声に黒服が動き、涼をうながす。

スラックスのポケットに両手を突っ込み、できるだけ貫禄たっぷりに登場することにした。

「——コウだ。今日はよく来てくれたな」

「わ……」

「すっごい……」

『コウ』としての涼の登場に、女性たちはぱっと顔を赤らめた。発するオーラが他のホストとまるで違うらしい。涼は自覚していなかったが、ナンバーワンホストの目力はだてじゃないようだ。

「隣、いいか?」

「は、はい、どうぞ」

女性のかたわらに腰掛ける。見惚《みと》れていた女性が、「あのう……」と声を上擦らせた。

「……なにか呑みます? 私たち、初めてだからそんなに高いボトル入れられないけど」

「いいのか? 無理しなくていい。一番安い酒で充分だよ」

「一番安いお酒っていうと、ええと……」

「ビールでいい。な、タカオ」

「もちろんです。ありがとうございます」

すかさず黒服を呼び寄せ、タカオが缶ビールを二本オーダーする。コンビニで買えば二、三百円のビールが、ここでは二本セットで四千円だ。どの酒も、原価の十倍を取るのがホストクラブの慣習らしい。

女性たち自身はフリードリンクだから気にせず、甘いカクテルを注文する。

黒服がビールを運んできた。すでにふたつのグラスに注がれたビールをタカオと涼の前に置いていく。

「今日はわざわざ来てくれてありがとう。乾杯」

「か、乾杯」

「かっこいー……」

女性たちの目がハート型になっているところからして、やはりコウは男っぷりがいいのだ。

「もう、やっぱりコウさんには負けるなあ。このひとね、うちの生ける伝説なんですよ。普段は指名がバンバン入るから、新規のお客さんのところにはなかなか顔を見せられないんだ」

「そうなんですね、すみません」

恐縮する女性の横顔を眺めながらビールを呷《あお》る。

「謝ることはないよ。今日は暇なんだ。呼んでもらえて嬉《うれ》しいよ」

「ナンバーワンの方にしては控えめですね」

「謙虚です」

女性ふたりに口々に言われ、苦笑する。

「ナンバーワンと言っても、お客様あってこそのものだから。タカオが呼んでくれなかったら、俺は今夜ずっと待機ボックスを暖めていたよ」

「またまたコウさん、そんなこと言っちゃって」

「いや、ほんとうに」

しみじみ言う。

百貨店勤めのときも、客足が途絶えて不安に駆られることがしょっちゅうある。

いまはネットでなんでも買える時代だ。わざわざ電車に乗って都心まで出て、百貨店内にある「ヨシオ　タケウチ」で商品を吟味してくれる客は心底ありがたいものだ。

対面販売を好む客は、じかに商品の手触りやサイズを確かめたいと思っている。試着したうえで自分の身体にフィットするかどうか確認してから買い求め、涼たちと軽い世間話をして帰っていく。短ければ十分程度、長ければ一時間ほどの接客が必要になる対面販売は、口下手なのを承知していてもやり遂げたい仕事だ。

この手で、この目で、愛する商品が客の手に渡っていくのが見たい。その一心だ。

そこへ行くと、ホストクラブをはじめとした水商売は独特だ。携わる人間そのものが『商品』なのだから。

生きている自分自身を『商品』にする実感が、涼にはまだない。

いまはただ客と酌み交わし、楽しい時間を過ごしてもらうことだけで頭がいっぱいだ。

十五分はあっという間に過ぎた。腕時計を確かめていると、女性たちが遠慮がちに身を寄せてくる。

「あのー、指名ってできるんですか？」

「できるよ」

陽気にタカオが答える。

「なに、もしかしてコウさんが気に入っちゃった？　それとも俺？」

「わたしはタカオさんがいいなと思って」

「わたしはコウさんです。指名したらもうすこし話せますか？」

「もちろん！」

「初めてなのにどうもありがとう」

タカオと喜び、指名を受けたことを黒服に告げる。

次第に客がやってきて店はすこしずつ賑わっていく。『コウ』初日の涼にとってありがたいことに、とくに指名は入らなかったから隣に座る女性たちの相手に専念できた。

どんな仕事をしているのかとか、どうしてホストクラブに来ようと思ったのかとか。

アルコールでふわふわしている客たちは饒舌《じょうぜつ》だ。

「普段は地味な事務仕事してます。代わり映えのない毎日で、刺激がすくないんですよね。職場、おじさんばっかりで」

「ねー。タカオさんやコウさんみたいなイケメンがいたら毎日会社に行くのも楽しいのにね」

「前からホストクラブには興味があったんです。でも、なかなか勇気がなくて。ネットでずいぶん調べて、評判のいいここに来てみたんですよ。コウさん、普段は指名がいっぱい入るんですよね？」

「普段はね。今夜はもうすこし遅くなったらコウさんのお得意様が来るかもな」

タカオの言葉に、女性がぽっと頬を染める。

「ラッキーだったな、今日。コウさんとタカオさんについてもらえて、ホストクラブはまっちゃいそう」

「二回目以降の来店料金は五千円になるから、無理するなよ。来たいときに来てくれればいい」

これは前もってタカオに聞いていた。

「指名も無理するなよ。あんたたちが来たことがわかれば、俺もできるだけテーブルにつくようにする」

「コウさん……」

タカオが目を瞠っている。

もともとのコウだったら、こんなことはけっして言わないのだろう。だけど、涼は違う。ホストクラブで遊んでみたくて、一生懸命調べて来てくれたのだ。それだけでも嬉しいし、指名してくれたことはもっと嬉しい。

「なんだかどきどきするよ。……初めてホストとしてお客様に指名してもらった気持ちを思い出した。他愛ない話しかしてないのに、俺やタカオを気に入ってくれたんだな。ほんとうにありがとう」

こころを込めた言葉に、女性たちはおろか、タカオも目をまん丸にしている。

「なんかおかしかったか？」

「いや、いつものイケイケなコウさんにしては殊勝な言葉で……びっくりしました」

「え、コウさんって普段はもっと違う感じなんですか？」

「だったら、もっとラッキーですね。わたしたち、コウさんのべつの一面を目撃できたんですから」

邪気なく女性たちは手に手を取り合ってはしゃいでいる。

そうこうしているうちにお開きの時間がやってきた。名残惜しそうな顔をしている女性たちに名刺を渡し、ひとりとはＬＩＮＥを交換した。タカオと一緒に店の外まで送り出し、「またぜひ来てくださいね」と頭を下げる。

弾むような足取りの客たちが雑踏に消えていってから、タカオが驚いた顔を向けてくる。

「どうしちゃったんですか今日のコウさん。別人みたいですよ。……ほんとうにコウさん？」

探るような視線に冷や汗が滲《にじ》む。

「コウさんのそっくりさんとか、俺が知らなかった双子の兄弟がいるとか……そういうんじゃないですよね？　ほんとにほんとにコウさんですよね？」

「なに言ってんだ、当たり前だろ」

冗談めかしてタカオの頭を軽くはたくと、「ハハ、ですよね」とタカオも苦笑するが、頭のてっぺんから足の爪先までじっくり眺め回されて居心地が悪い。

「そうじろじろ見るな。すり減る」

「すみません。いやー……コウさんの見た目だけを借りて、中身がまるで別人って感じで……気を悪くしないでください。俺の知ってるコウさんといろいろ違いすぎて。風邪引いたせいかなあ……」

「そうだ。だからおまえのサポート役に回るって言っただろ」

強気に言うと、やっとタカオがほっとした顔をする。

「俺もホスト歴長いから。ときどきは初心を取り戻すのも大事だろ」

「今夜はめちゃくちゃ紳士でしたよね。いつものコウさんだったらもっとツンツンしてるのに」

「お高くとまってるってことか?」

「言葉を選ばないなら、そんな感じです。でもそこがいいんですよ。いまどき、コウさんぐらい雄っぽい男もめずらしいじゃないですか。うちの店、やさしく尽くすホストが多いから、コウさんみたいなオラオラ系は目立つんですよ」

「そういえば、トオルってどんな感じのホストなんだっけ。しばらく忙しくて話もできなかったからさ」

「最近の風邪薬って記憶を抹消する効果でもあるんです？」

訊《き》いてみると、タカオは可笑《おか》しそうな顔で振り返り、店内に通じる通路の壁を飾る大判の写真を指す。「J」に所属しているホストの顔写真がずらりと並んでいた。

「このひとです」

一番手前を堂々と飾るコウの写真の隣で、甘くやさしい顔立ちをした男が微笑んでいた。

「コウさんとは真逆で、尽くし型のホストですね。『トオル・メンタルクリニック』って異名がつくぐらい、客の話に耳を傾けます。トオルさんのやさしいアドバイスに泣いちゃう客もいるぐらいですよ。本物のカウンセラーになってもおかしくないぐらい」

「へえ……興味あるな」

「トオルさん、二週間のオフを取ってる最中だから、その間に新しいイメージのコウさんを全面に押し出してぼんぼん客を取っていきましょうよ。ね。もちろんいままでのオラオラコウさんも大歓迎です」

バシッと背中を叩かれ、ちょっと噎《む》せた。

いままでのコウのイメージを崩さないように必死に努めているのだが、どうしてもそこかしこで涼としての『自分』が出てしまう。

慕ってくれるタカオの期待を裏切りたくないから、このあともなんとか頑張りたい。

余裕のある笑みを浮かべながら待機ボックスに戻る暇もなく、よそのテーブルから呼ばれた。

「コウさーん、こっちで指名入りましたー！」

「こちらもです！」

女性たちのはしゃいだ声が店内中に響く。

「ああ、ありがとう。いま行くよ」

深く息を吸い込みながら襟を正し、くるりときびすを返した。


「あー……疲れた……」

閉店後の片付けを終え、午前三時過ぎにやっと家に帰ることができた。

コウはとっくに眠っているだろうと思ったのだが、部屋の鍵が開いている。

「……ただいま、帰りました」

「おう、おかえり」

パジャマ姿のコウが眠そうな顔で出迎えてくれる。

「起きてたんですか。寝っててもよかったのに」

「お互い初日だろ。一日の報告をし合ったほうがいいと思ってさ」

「そうですね。はー……呑んだ」

「呑まされたか？」

「結構」

苦笑いしながら自室でスーツを脱ぎ、ルームウェアに着替える。

その様子をコウは戸口で見守っていた。

「ジャケットの脱ぎ方が堂に入ってんじゃゃんか。たった一日で売れっ子ホストに成り上がったな」

「そんなんじゃないですよ。精一杯の見栄を張ってるだけです。ほら、ルームウェアに着替えちゃえばいつもの僕どおり」

「店では、俺、って言えたか」

「なんとか。うっかり『僕』って言いかけた場面がありましたけど」

彼と肩を並べリビングに入り、コウの勧めで冷えたミネラルウォーターを飲むことにした。

「普段の俺なら迎え酒といくところだがな。魂が入れ替わったばかりのおまえに無茶させるわけにはいかねえ」

「ご心配いただき、ありがとうございます」

ソファに並んで座った。テレビを点け、深夜帯に流れる番組を流す。コウが選んだのは古いスパイ映画だ。字幕付きなので、会話を邪魔することもない。

冷たい水を飲むと頭の中がすこしすっきりする。

「俺の太客、来たか?」

「今夜はお見えになりませんでしたね。ただ、指名は多かったです。タカオさんが、『いつもより新規指名が多い』って喜んでました」

「へーえ。俺が店に出ているときは馴染みの太客についてることがほとんどなんだがな。おまえ、なんか特別なことしたのか」

「とくには……ひとりひとり丁寧に接しましたよ」

「そのノリで?」

「このノリで。だめでした?」

コウはペットボトルをゆらゆら揺らしている。

「いままで傲慢な俺様だった『コウ』が突然親身に話を聞いてくれるとなったら、そりゃみんな指名するよなあ……」

「そういうコウさんはどうでしたか。売れました?」

「それがもー、思ってたより大変で。俺がいいと思った商品を懇切丁寧にお勧めしてやったのに、どいつもこいつも財布の紐《ひも》が固くてさあ……なんとかスーツとネクタイを一着ずつ売った」

「すごいじゃないですか。初日からスーツを売る新人なんていませんよ。さすがコウさん、売りどころを摑《つか》めているんですね」

「もっと売れるかと思ったのに」

『自分』の顔をしたコウがふてくされているのが可笑しい。

「で、家に帰ってぐだぐだ自棄酒《やけざけ》してたらこんな時間だ。明日は遅番だからまあ大丈夫だろ」

「でも、疲れたでしょう。早めに寝てくださいね。それ、僕の身体なんだし。あまり無理させないでくださいい」

「よく言うぜ、おまえだって」

身体ごと向き直ったコウがじっと見つめてくる。それからおもむろにペットボトルを取り上げてきた。くちびるが触れ合いそうなほどに近づかれてどぎまぎしてしまう。

「あらためて見ると、俺……いい男だよなあ……」

「どれだけナルシストなんですか。手、離して」

「だめだ。もっと見る」

両手で頰を包み込まれ、目の奥をのぞき込まれた。

睫毛《まつげ》が綺麗に生えそろった切れ長の目は、『自分』のものだ。

鏡に向かうときだって、こんなにじっくり見たことはない。

通った鼻筋、一文字に結んだくちびる。

物心ついた頃から見慣れた顔なのに、やけに男らしく、艶《なま》めかしく思えた。

これもそれも、魂が入れ替わったからだろうか。

涼である『自分』のときは、学生時代から表情が乏しいとよく言われたものだ。接客商売についてから控えめな愛想笑いを身につけたけれども、目の前にある顔を見ているとありとあらゆる感情がなだれ込んでくる気がする。

考えていることがすべて、顔に出ているとでも言うべきか。

戸惑い、不思議、それからどこか期待を含んだまなざし。

対する自分は、『コウ』にしては困惑の面差しをしているはずだ。

頬を包む手が温かい。じんわりとしたその温《ぬく》もりに、こころは離れていても『自分』はちゃんとこうして生きているのだとなぜかほっとした。

「コウ、さん……」

呟いたのが合図になったかのように、コウが顔を傾けてくる。

くちびるを掠《かす》める熱。

それが一瞬のくちづけだと悟ったときには、もうコウは顔を離し、にやにや笑っていた。

「『自分』とキスする日が来るなんてな」

「な、……なに……してるんですか」

「そそる顔をしているのが悪い。こんな顔で仕事してたら、そりゃ新規指名客が増えるだろ」

「どういう、ことですか」

「顔、身体は『コウ』なのに、こころは『涼』だ。名前のとおり、涼やかに微笑《ほほえ》むなんて俺はしない。以前の俺だったら、東京中《とうきょう》の女は足元にかしずく。でも、いまは『涼』のこころを持った『コウ』だ。声の出し方も違うだろうし、客にかける言葉だってまったく違うはずだ。ボディタッチ、しなかっただろ」

「それは——そうです。自分から触るのはなんだか悪い気がして」

「ぐいっと肩を抱き寄せるぐらい、初めて来た客にするのが『コウ』だ。だけどおまえは紳士的に隣に腰掛けて、女たちの話に耳を傾けたんだろう?」

「まるでそばで見てきたようですね」

「ナンバーワンを侮るなよ、涼」

それからもう一度いたずらっぽくくちびるをついばんできたコウが、ちらりと舌舐《したな》めずりする。挑発的な顔に胸が高鳴るのはなぜなのか。

相手の見た目は『自分』なのに。

雄っぽい目をした『自分』＝コウが「なあ」と艶やかな声で囁《ささや》いてきた。

「ちょっといいことするか」

「いい、こと?」

「俺もおまえもこのままじゃ眠れないだろ。だから、よく眠れるおまじない、してやる」

「おまじないって……ちょ、ちょっとコウさん……!」

体重をかけてのしかかってきたコウがひそやかな欲情を目に滲ませ、涼のスウェットのパンツの縁を引っ張る。

指の熱を感じただけで、反応してしまう。いい感じに酔っているせいもあるだろう。コウの指が臍《へそ》のあたりをくるくるとくすぐり、そのまま下着ごとパンツをずり下ろす。

「ちょ、っと！　待っ……」

「待たない。興奮してるんだ」

飢えた声に脈が速くなる。喉《のど》がからからに渇いて痛いぐらいだ。

「もともとは俺の身体なんだから好きにしたっていいだろ」

「そうだけど、でも、でも……っ」

晒《さら》された下肢に手が這《は》う。静かな熱にさざ波を立てるようなねっとりとした手つきに呻《うめ》き声を上げまいと必死になった。

倒錯している。こんなの。

こころは『自分』でも、身体は『コウ』だ。そして、触られて感じ始めているのは間違いなく『自分』だ。

最初は軽く触れるだけ。そのうち、やわらかかった肉竿《にくざお》もだんだんと熱を帯び、芯《しん》が入っていく。

「女に困らないからマスターベーションなんてめったにしねえけど、俺、こういう触り心地だったか」

「なに、っばか、なこと……」

息を荒らげながらコウを押しのけようとしたが、逆にぐりっと腰を押し付けられた。

硬くなっているものを感じてびくっと身体が跳ねる。

コウも兆し始めているのだ。『自分』の身体なのに。

こころと身体は別物なのか。

「お互いちょっと弄って気持ちよくなるだけだ。俺に任せろ」

コウももぞもぞと動いて器用にパジャマのズボンと下着を脱ぐと、熱い昂《たか》ぶりを押し付けてくる。

生々しい熱っぽさにぐっと喉の奥が閉まる。息が浅くなり、これから起こる出来事に想いを馳《は》せて瞼を強く閉じた。

突き飛ばすことはできる。

なんなら殴ることだって。

だけど、暴力に訴えるぐらいなら言葉で抵抗したほうがましだ。

「やだ、やめてくださいってば、冗談です、よね？　……ッぁ……！」

剝《む》き出しになった性器を押し付けられて、涼はずるりと腰を引く。

瞼の裏がちかちかするような快感が襲いかかってくる。コウの動きはひどくゆっくりとしたもので、涼の快楽を正確に見極めているようだ。

互いの亀頭の裏が触れ合い、エラが引っかかる。ぬるっとすべる感触がするのは、耐えきれない涼の先走りだろう。ついさっきまではやわらかかった肉茎もいまはがちがちになり、皮膚がぴんと突っ張っている。

でこぼこと浮き出した筋をコウの亀頭でなぞられると、全身が震え出すほど気持ちよかった。

「や、だ……っぁ……あ、あ……っあ……」

「『俺』でもそんな声出すんだな」

くすりと笑うコウが性器を二本まとめて摑み、息を弾ませる。ゆっくり、ゆっくりとリズムを上げながら硬い肉竿を擦り上げていった。

ぐしゅぐしゅと淫猥《いんわい》な音が耳にこだまする。

「ん……んっ……」

「これでもやめたほうがいいか？」

「や……」

声が弱々しい。あからさまな喘《あえ》ぎを上げたくなくてくちびるを拳《こぶし》でふさぐ。それでも我慢できずに指の付け根に歯を立てた。

「やめるか？」

念を押され、弱々しく首を横に振った。

瞼を閉じてしまえば、顔が見えなくなる。

覆い被《かぶ》さっているのは、コウだ。獲物を前にした獣のように挑戦的な目で涼を射竦《いすく》め、巧みな愛撫《あいぶ》で追い詰めてくるのだ。

にゅぐにゅぐと皮膚が引《ひ》き攣《つ》れる快感に身悶《みもだ》え、全身が汗ばんでいく。酔いも吹っ飛ぶほどの激しい快感に奥歯を嚙み締めた。

いい、すごくいい。

コウの指が亀頭の先端の小孔をこじ開けてすりすりと擦るのもいいし、裏筋をかりかりと爪先で引っかくのもいい。

だけど一番いいのは、みっちりとした肉棒を重ねて淫《みだ》らにぎちぎちと擦られることだ。

身体の奥底で射精感が渦巻き、頭の中を真っ白に染め上げていく。

「は……ぁ……ぁっ……いい……っ……」

「やっと素直になったな。……俺も、いい。おまえの身体はやけに敏感だ」

おそるおそる瞼を開けると、額に汗を滲ませたコウがくちびるの端を吊《つ》り上げて微笑む。

『自分』の顔なのに、こんなに挑むような顔つきもできるのか。

「イかせてやる」

「んん……っ！」

喘いで大きくのけぞった。キスする代わりに喉元に嚙みついてきたコウが、ずっ、ずっ、と腰を振り立てる。そのエロティックな腰遣いに振り回されて、涼は我慢できずにコウの背中に両手を回し、しっかりとしがみついた。

　身体の真ん中が熱くてたまらない。

　イきたい。そのことしか考えられない。

「コウ、さん……っ」

「わかってる」

「あっ、あ、っ、あぁ……っ！」

　ぬちゃりと糸を引く肉棒をぎっちり摑んだコウが強く追い込んできた瞬間、背筋を鋭い快感が駆け上がり、どっと白蜜が爆《は》ぜた。

「んー……っん、ぁ……っはぁ……っ」

「く……っ」

　一拍遅れてコウも放つ。白濁が互いの腹を濡《ぬ》らし、とろりと脇へと落ちていく。それを指ですくい取ったコウが舐め取り、嬉しそうに目を細めた。

「俺の味か、おまえの味か。どっちにしても濃いな」

「う……」

　初めて他人と身体を重ね合わせた衝撃から抜けきれず、頭の中がまだふわふわしている。

　正確に言えば『自分』の身体でイかされたのだが、それはコウも同じだろう。精液がソファ

を汚す前にパジャマの上着を脱いで涼の身体を拭《ふ》き、興奮冷めやらぬ声で囁いてきた。

「おまえ、ほとんど経験ないだろ。抱いた瞬間わかった。ゲイか？　バイか？」

直截的《ちょくせつ》に聞かれたけれども、その声音はやさしい。だから、涼も力なく答えた。

「ゲイ……だと思います。でも、いままで誰ともセックスしたことが……なくて」

「初物か。ほんとうの俺は男も女もいける口だ。最初の男が俺でよかったな。じっくり開発してやる」

「でも……これ、あなたの身体ですよ？　魂が戻ったときに変なことになっていたら困るじゃないですか……」

「それもそうか。本気のセックスは避けたほうがよさそうだな。俺は男相手にはタチだし。うしろの快感を味わうのもいいだろうが、男なしで困る身体になるのも考えものだ。……まあ、ゆっくり考えよう。ほら、シャワー浴びてこい。その間に新しいパジャマを出しておいてやる。それからぐっすり寝ろ」

「……こんなことして……眠れませんよ」

「大丈夫だって。眠れる眠れる。『俺』なら、枕に頭をつけて三分で夢の世界だ」

あっけらかんと言い放ち、コウが身体を離す。そしてキッチンでタオルを熱い湯に浸し、固く絞ったところで身体を拭う。

全裸の『自分』を他人事《ひとごと》のように眺めながら、涼ものろのろと身体を起こした。手際よく情事の後始末を終えたコウは満足そうな顔でローテーブルに置いていた煙草を手に取り、くちびるに咥えた。

ライターに手をかざし、顔を傾けて火を点ける仕草が板に付いている。

ひと差し指と中指で煙草を挟み、ふうっと紫煙を天井に向かって吐き出したコウが、ぼんやりしている涼に気づいて楽しげに片目をぱちんと瞑《つむ》った。見事なウインクだ。

「なんだ、俺に惚れたか？」

「……そんなんじゃありません！」

あたふたとその場をあとにし、バスルームへと駆け込んだ。

熱いシャワーを頭からかぶり、全身を泡立てる。

腰のあたりがじんわりしていた。コウの感触がまだ鮮やかに残っている。

思う存分湯を浴びたあと、バスタブへと足を入れた。コウが入ったあと、新しく湯を張ってくれたのだろう。

新湯に肩まで浸かりながらバスタブ脇に目をやると、ボトルがいくつか並んでいる。バスソルトにバスオイルの類《たぐ》いらしい。好奇心に駆られてひとつひとつ匂《にお》いを嗅ぎ、ラベンダーのオイルを数滴湯に垂らす。

ふわりと立ち上る素朴な香りが、荒れ狂った感情をやさしく包み込んでくれるようだ。

大人がふたり入ってもまだ余裕のありそうなバスタブで足を伸ばす。

昨日から今日の出来事が浮かんでは消えていく。怒濤《どとう》の二日間だった。

湯の中から伸ばした手をじっと見つめる。これはコウの身体だ。でも、いまは自分の身体だ。

女性や男性を抱くのに慣れていそうな、節くれ立った長い指。

今日、多くの女性が涼を『コウ』として認識し、隣に座りたがった。馴染みの太客は来店しなかったものの、こんなに多くの新規指名がつくなんて、とタカオも喜んでいた。

自分でも、あれでよかったのだと思う。

外側はコウでも、中身は涼だ。

コウをよく知っている太客がやってきたら、なにかを勘づかれていたかもしれない。だから、初めての客ばかりで涼も助かった。彼女たちはいままでのコウを知らない。ただ、ホストクラブ「J」ナンバーワンだということしか知らず、無邪気にグラスを掲げていた。

「いつ戻るのかな……」

明日以降の日々には不安しかない。わずかな興味もあるが、コウとして堂々と振る舞えるかどうか、考えるときりがない。

とりあえず、明日起きたら客たちにLINEを送ろう。初めて指名してくれた客には感謝の言葉を。馴染みの客には、『そろそろ顔が見たいな』と誘いの言葉を。

「……やろう、なんとか……やれるはずだ」

一度湯の中に頭のてっぺんまでもぐった。湯の中で見る景色はやわらかく揺らいでいる。

息が続くまでもぐり続け、ざぱっと頭を上げて思いきり深呼吸する。

息、している。

コウの身体で。『自分』として。

どことなくまだ馴染みのない感覚を覚えながら風呂を出ると、サニタリールームにパジャマと下着が置かれていた。

急遽《きゅうきょ》コウと同居することになって、急いでネット通販したものばかりだ。新しい衣類に身を包まれると、すこし気分がすっきりする。

洗面台には走り書きのメモも置かれていた。


『スキンケアとヘアケアを忘れないように』


コウの筆跡だ。意外にも綺麗な文字が並んでいることに驚いた。先入観で、もっと雑に書くのかと思っていたからだ。

ホストたるもの、自分が商品だ。「ヨシオ　タケウチ」スタッフのひとりとして店頭に立っていたときも身だしなみには気をつけていたから、メンズのスキンケア、ヘアケアには一応知識がある。

メモに書かれた順番どおり洗面台に並ぶボトルを手に取って化粧水や美容液を肌に馴染ませ、

高性能のドライヤーを使って髪を根元から乾かす。

鏡に映るのはきらきらしたアッシュブロンドの派手な男だ。手入れを終えたばかりで、肌艶もいい。

サニタリールームを出ると、室内は静かだった。コウはもう寝たのだろう。

明日、コウは遅番だ。ホストである自分も昼前には起きる予定だ。

彼の顔を見たら今夜の不埒《ふらち》な時間を一瞬にして思い出してしまいそうで困る。

おとなしく自室に戻り、さらさらした髪を軽くかき回しながらベッドに入った。

すぐには寝付けそうにない。

スマートフォンを見ようかと思ったが、寝る前に明るい光を目に飛び込ませると余計に覚醒しそうだ。

枕元のライトも消し、暗い室内の中、ふんわりと軽い羽毛布団にくるまる。

どうしてこうなったのか。

もう何度も繰り返した言葉を胸の裡《うち》に浮かべ、ため息をつく。

明日の朝、目を覚ましたら元に戻っていないだろうか。

そうしたら全身から力を抜いて深呼吸し、着慣れたスーツに袖を通していつになく意気揚々と百貨店に向かうだろう。しかし、しばらくすればいつもの自分に戻る気がする。

つねに三位か二位の売り上げでうろうろしている自分に。

神様は気まぐれだ。

なぜ、よりにもよって歌舞伎町ナンバーワンホストのコウと魂を入れ替えたのか。会えるものなら神様に鼻を突き合わせて尋ねてみたいものだ。

どうしてコウなのか。

もっと普通のサラリーマンや学生でもよかったのではないか。

性別まで入れ替わっていたらもっと大変なことになっていただろうから、同性のコウだったのはすくなからず救われる点ではあるが。

それにしたって、住む世界が違いすぎる。身なりも、仕事も、性格も。

いつまで続くかわからない、この神様のいたずら。ほんとうにどこかでうっかりボロを出しそうで怖い。まだ、「コウ」と呼びかけられること自体慣れていないのだ。

その点、タカオという味方がいてくれるのはこころ強い。

ちょっと調子が悪いと言い張った涼に、タカオはこまめに世話を焼いてくれた。ヘルプとしてもついてくれ、うまく客たちと話を繋《つな》いでくれた。

タカオがいれば、いずれは「J」での仕事にも慣れていくだろう。

コウはどうなのか。「ヨシオ　タケウチ」でうまくやっていけるだろうか。店長の石住《いしずみ》をはじめ、同僚たちに横柄にしていないか。

初日からスーツとネクタイを売り込んだ根性は見上げたものだ。魂がナンバーワンのホストなら、あっという間に店でも一位に昇り詰めそうだ。間違いなく。

賞賛される場面を想像して、ちりっと胸が焦げる。

褒めそやされるのは自分であって自分じゃない。涼のこころはここにあるのだ。

左胸に手を当て、とくとくと鳴る鼓動に耳を傾けているうちに、涼は眠りの世界の扉をそっと開けた。

4

またたく間に日々は過ぎていく。

コウも涼《りょう》もまずは職場に馴染《なじ》むことが第一で、昼夜逆転の生活になったものの、ちょっとした時間を見つけては近況報告をし合った。アドバイスが足りない場合はＬＩＮＥでメッセージを送ることもした。

コウは如才なく石住《いしずみ》たちと仕事しているらしい。他人と打ち解ける早さは天性の才能だろう。

自分とて、負けてはいられない。いつか元どおりになったときのために、ナンバーワンのコウであるために丁寧な接客をしなければ。

『肩を抱いたり、髪に触れるぐらいのことはしろよ』

コウにそうアドバイスされたものの、いまだできていない。

ゲイだから、というだけではない。赤の他人にいきなり触れるのは申し訳ない気がするのだ。

とはいえ、今日はそうもいかないかもしれない。

十一月に入り、空気は一気に冷え込んだ。

朝から綺麗《きれい》に晴れたその日、涼が寝ている間にコウは仕事に出かけていった。昼前に涼は目覚め、簡単なブランチを取る。『コウ』になってからというもの、ライフスタイルがすっかり変わった。週三、四回はジムで汗を流し、軽めに食事をしてから「J」に出勤する。

ナンバーワンといっても、開店準備には精を出す。煌《きら》びやかで清潔なのが「J」の売りだから、スタッフ全員で店内清掃に励む。

そうこうしているうちに店を開ける時間がきて、客を同伴したホストたちもやってくる。同伴。開店前に客と食事をしたり買い物をしたりして、そのまま店に行くことを指す。いわば、疑似デートのようなものだ。

それを今日、涼は初めて体験する。

相手は以前からのコウの太客ではなく、最近指名してくれるようになったエリという二十代後半の女性だ。フリーランスのライターで、最初は取材がてら「J」に訪れたが、そのときたまたま涼が接客したことで、『コウ』に惚《ほ》れ込んだようだ。以来、ちょくちょくまめに足を運んでくれている。酒の呑《の》み方も綺麗だし、二時間ばかり遊んだところでさっと帰る。まだホスト生活に慣れていない涼にとってはありがたい客だ。

タカオからも、「調子も戻ってきたみたいだし、そろそろ同伴してみませんか?」と言われたところだったので、話しやすいエリにLINEで誘ったところ、快諾してくれた。

『買い物してから食事をして、店に行きましょう』というメッセージに、年下の女性ながらも頼り甲斐《がい》を感じる。

光沢のある深いネイビーのスーツに艶《つや》やかなコーラルピンクの花柄ネクタイを合わせることにした。上に羽織るのはハイブランドのトレンチコート。オフホワイトのストールも巻く。クローゼットの鏡で見ると、アッシュブロンドの髪も相まって、どこからどう見ても華やかなホストのできあがりだ。

待ち合わせは十五時。涼が勤めていた百貨店の正門前だ。

玄関脇の壁に設置された大きなミラーでもう一度服装をチェックし、靴を履いて部屋を出る。西新宿《にししんじゅく》にあるマンションから待ち合わせ場所までは歩いていくことにした。二十分強といったところだが、これも『コウ』の身体を引き締めるためだ。

今日も新宿は大勢のひとであふれ返っている。途中、花屋を見かけたので、ちいさなブーケを買った。エリにプレゼントするのだ。

その当人は時間五分前に、百貨店の前でスマートフォンを眺めていた。ショートボブが勝ち気そうな面差しによく似合っている。オフホワイトのワンピースにベージュのムートンコートを羽織った彼女はこの同伴のためにお洒落《しゃれ》をしてきてくれたようだ。

「エリさん」

「あ、コウさん、こんにちは」

ぴょんとちいさく飛び跳ねて笑顔を見せる彼女に、「これ」と言ってブーケの入った紙袋を渡す。

「わあ、綺麗。わざわざ買ってくれたんですか？」

「ちょうど花屋の前を通りがかったからさ」

「嬉《うれ》しい、ありがとうございます」

はしゃいだエリは紙袋の中を何度ものぞき、破顔する。素直な性格で可愛《かわい》い。

「じゃ、ちょっとお買い物しましょうか。わたし、気になってる口紅があるんですよね」

「つき合うよ」

肩を並べ、百貨店に入り、コスメコーナーを見て回る。

エリの目的は決まっているようで、まっすぐにとあるブランドへと足を向けた。

「これこれ、この限定色とこっちの定番色のどっちがいいか、気になってるんですよねー。コウさん、どっちが私に似合うと思います？」

女性のコスメ選びにつき合うのは初めてなので迷うところだが、近づいてくる冬にふさわしい深いバーガンディのルージュがエリには似合う気がする。

「こっちの限定色かな」

「あ、やっぱり？　限定ですもんね。定番色はいつでも買えるから、こっちの限定色にしよっと。すみません、これいただけますか」

すぐに店員が近づいてきて商品を取り出し、色を確かめている。うきうきしたエリの横顔を見ながら、――もし女性とつき合っていたらこんなデートもしていたんだろうか、と詮《せん》ないことを考える。涼はゲイだ。同性だけに惹《ひ》かれるたちだから、異性愛には興味がない。とはいうものの、人間的に好きか苦手かの判断はある。エリは話しやすく、好きなほうだ。

手早く会計を終えたエリが振り向き、涼の頭のてっぺんから足元まで眺め回す。それから小首を傾《かし》げた。

「うーん……そのネクタイ、すごく素敵だけど、コウさんのノーブルな雰囲気にはもっと他の柄が似合うんじゃないかな。ね、もしよかったらこれからコウさんのネクタイ見に行きませんか？　もちろん、わたしがプレゼント。お花のお礼に」

「いや、そんな。ネクタイと花束じゃ割が合わないよ」

「謙虚だなあコウさん。前もって聞いてた評判とは大違い。有名なんですよ、歌舞伎町《かぶきちょう》ナンバーワンホストのコウさんは貢がれるのが得意だって」

「そう、なのか」

「いまどきめずらしいぐらい俺様ホストとして名を馳せている、それがコウさんです。だからわたしも興味があって、『J』に行ったんですよね。そうしたら、めちゃくちゃ紳士的に対応されてびっくり。初めての客ならもっと雑に扱われるのかと身構えていたから、やさしく真面目に接してくれるコウさんがいいなーってひと目で気に入っちゃったんですよ」

「……ありがとう、そんなふうに言ってくれて」

褒めてもらえるのは嬉しいが、内心ではひやひやだ。

やはり、魂が入れ替わったことで、『コウ』としての振る舞いが大きく変わっているのだ。

エリはまだ新しい客だからいいが、古参の客を相手にしたら一発で異変を見破られてしまう可能性がある。

尊大にならなければ。

そんなことを考えつつ見下ろすと、エリの華奢《きゃしゃ》な肩が目に映る。ここで大胆に抱き寄せ、まるで熱々の恋人同士のように振る舞えばいいのだろうが——どうしても、できない。

これればかりは時間がかかりそうだとため息をそっとつき、エリにうながされるままメンズフロアに向かう。五階がメンズブランドの集まるフロアだ。

懐かしい。

フロアに足を踏み入れた瞬間、深く息を吸い込んだ。

すこし前までは、岡野《おかの》涼としてここに毎日来ていたのだ。

平日の昼間、メンズフロアは空《す》いている。数人の客が通りを行き交い、たまに店の前で立ち止まっているぐらいだ。

週末ならもっと客が来るのだが、それでもいまの時代のアパレル業界は厳しい。ネット通販が強さを増し、リアル店舗に足を運んでくれるひとは大福様かと思うぐらいだ。

エリは興味深そうにあちこちの店舗をのぞき、ふと足を止めた。

「あ、あのネクタイいいかも」

「……っ」

息を呑んだ。

エリが指さしたのは、「ヨシオ　タケウチ」のウィンドウだったからだ。

臆することなくすたすたとショップに近づくエリは店頭に並ぶセーターやネクタイを手にして振り返る。

「ここのアイテム、コウさんに似合うと思うんだけど」

洒落たピーコックグリーンのネクタイを差し出すエリが微笑《ほほえ》む。今季一押しのネクタイだ。素材はシルク。やわらかめの芯《しん》が入っており、エレガントに結ぶことができる。

「鏡で見てみましょうよ」

「え、っと」

まごまごしているうちに、奥からほっそりした店員が出てきてにこやかに笑いかけてきた。

「いらっしゃいませ」

「……あ」

現れたのは、『涼』＝コウだ。

相手もはっと目を瞠《みは》る。素早く涼とエリに視線を走らせ、同伴中なのだと理解したようだ。

「ネクタイをお探しですか？」

その声は震えてもいないし、上擦ってもいない。

どこまでも肝が据わった男だ。

まさか、『コウ』＝涼が店に来るなんて思ってもいなかっただろうに。涼だって、もしも店に行くのなら前もって彼に相談していた。

彼に似合うネクタイを探していて」

「そうなのですね。いまのネクタイもとてもお似合いになっているかと思いますが、こちらは
『ヨシオ　タケウチ』今季一番のお勧めです」

不意打ちに怖《お》じけることなく、コウはすっきりと姿勢を正していた。エリと涼を店内に誘う間も品よく微笑んでいる。

彼のほうは、すっかりこの場に馴染んだようだ。

馴染みのある店内の大きな鏡の前に立つと、かたわらにコウが寄り添う。そして、ピーコックグリーンのネクタイを胸元にあてがってきた。

「お客様のように華やかなお顔立ちなら、このネクタイも映えるでしょう」

やっぱりナルシストだ。

自分で自分を褒めるなんて、涼にはとてもできない。口ごもっていると、「もし、よければ」とコウが控えめに言う。

「一度お締めになってみては？」

「え？　あ、あ、は、……ああ」

『はい』と言いそうになるところをなんとか踏みとどまった。いまの自分はコウなのだから、横柄な態度でいなければ。

「じゃあ、……頼もうか」

「かしこまりました」

軽く頭を下げ、コウはつんと顎《あご》を反らす。そうして顔を上向けた涼の首元にひと差し指をするりと差し込んでネクタイを解《ほど》いた。

「しっかりしろ」

ちいさなちいさな呟《つぶや》きが涼だけの耳に響く。

その強い声にぴんと背筋を伸ばす。

そうだ、怯《ひる》んでいる場合ではない。エリという連れがいるのだ。ここは、完全な『コウ』として立っていたい。

コウの呼気を感じる。ネクタイを扱う指先の熱がほのかに伝わってくるようだ。

こんな場なのにどきどきしてしまう。

『涼』として使っている柑橘《かんきつ》系のコロンがうっすらと香るのにもときめく。

どうかすると、彼に触れられた夜を思い出しそうだ。

深く深く息を吸い込み、努めてあの夜から意識をそらそうと試みた。

きっと、彼にはなにもかもお見通しだろうけれど。

コウは澄ました顔で新しいネクタイを涼の首元で結ぶと、「いかがですか」と微笑む。

鏡の中には、雄っぽくも気品にあふれた男が立っていた。

「いい……な」

もともとのコウは野性味あふれる男でそれはそれで魅力的だったが、品があるかと問われたら困っていたかもしれない。

しかし、涼の魂が入った『コウ』は違う。

男らしく、清潔で、ノーブルだ。

これから多くの女性が待つホストクラブに向かう奴には見えない。

ホストというより、俳優かモデルかといった雰囲気に、――でもやっぱり素材がいいんだよなと思う。

入れ替わったことでさまざまなことが変わったけれど、コウ本来の骨っぽさはしっかり残っている。そこにエリも惚れてくれたのだろう。

「似合う似合う。ねえ、これ買いましょうよ。わたしがプレゼントするから、そのまま締めてお店に出て」

「……いいのか？」

「うん、初めての同伴記念に。わたしの贈ったネクタイで今夜仕事してくれるんだって思ったら嬉しくなっちゃう。――こちら、このままいただけますか？」

「ありがとうございます。ではもとのネクタイをお包みしてショッパーにお入れしますね」

四万円を超えるネクタイがぽんと売れたことに、コウは満足そうだ。

『俺の顔をしてるんだから当然だろ』と言っているふうにも見えなくはない。

ここでもエリが会計をし、涼がマンションから着けてきたネクタイの入ったショッパーを渡してくる。

「コウさんに似合うネクタイが見つかってよかったな」

「悪いな、余分な買い物をさせて」

「遠慮しないでくださいよ〜。ナンバーワンだったらもっと高いネクタイを締めるでしょう？わたしはこれが精一杯だけど、一夜を飾ってくれたらと思って。ね？」

いいひとだとこころから思う。

「またのご来店をお待ちしております」

出入り口まで見送ってくれたコウが深々と頭を下げる。

「また、来る」

名残惜しさを覚えながら呟くと、コウがにこりと微笑んだ。

「はい、ぜひ。楽しみにしております」

コウの度胸をすこしでも分けてほしいものだと考えながら、エリとともに店をあとにした。

エリとしゃぶしゃぶを食べたあと、「J」に同伴出勤した。

十八時半。店は早くも数名の客で賑《にぎ》わっている。

「いらっしゃいませ〜！」

「コウさん、同伴お疲れさまです」

若手ホストたちが駆け寄ってきて、まずはエリをエスコートし、ボックス席へと案内する。

コウはいったん控え室に入り、コートとストールをロッカーにしまってから再びフロアに出た。

そのときだ、声をかけられたのは。

「コウさん？　お久しぶりです。なんだか雰囲気が変わったから一瞬わかりませんでした」

振り向けば長身痩躯《そうく》の男がにこやかに微笑んでいる。

綺麗に撫《な》でつけられた黒髪に、艶のあるシルバーのスーツがよく似合っていた。開襟シャツが多いホストたちの中、彼はしっかりとネイビーブルーのネクタイを結んでいる。

彼が、ナンバーツーのトオルなのだとすぐさまわかった。写真よりもずっといい男だ。包み込むようなオーラが全身から滲《にじ》み出している。

しばしバカンスを取っているのだとタカオからも聞かされていた。

そのトオルが現場に復帰してきたのだ。

「トオル……か。久しぶり。元気そうでよかった。どこかに旅行でもしてたのか?」

「ええ、ハワイに。ひとりのんびりしてリフレッシュしてきましたよ」

「にしては日焼けしてないんだな」

「これでもホストですからね。肌の手入れには気をつけています」

まるで王子様のようだ。洗練された仕草に気品あふれる顔立ち。やさしい物腰で客に接し、『トオル・メンタルクリニック』と噂《うわさ》されるほど聞き上手なのだというのもあながち嘘《うそ》じゃないと思われた。

「しっかり充電しましたからね。今日からばりばり働きますよ。今月こそ、コウさんを追い抜いてナンバーワンになります」

品のある微笑とは裏腹に、声音には野心があふれている。

そうだ、ここは新宿歌舞伎町。夜な夜な多くのホストたちがしのぎを削る不夜城だ。どのホストたちも月間、年間売り上げナンバーワンを目指してありとあらゆる知恵を絞っている。

その不夜城に君臨するのが自分――『コウ』だ。

いつか、魂が戻ったときに売り上げが下がってしまい、コウの面目が丸潰《つぶ》れ、なんて事態は避けたい。一度下がった評判を再び盛り返すのは至難の業だ。それは百貨店勤めでよくわかっている。

だからみぞおちに力を込めて不敵に笑う。『コウ』だったらもっと自然に笑うだろうなと頭の片隅で思いながら。

「ナンバーワンの座は譲らないぜ。今年もトップは俺だ」

「追い甲斐があります。今日のコウさんは同伴でしょう？　早速点数を稼いでますね。私も太客が来る予定です。おおいに盛り上げましょう」

「そうだな」

競い合う仲であっても、トオルは悪い性格じゃないらしい。さっぱりした気質にほっとし、ボックス席で待つエリの元へと足を運ぶ。すでに若手ホストと話し込んでいたエリが気づき、「コウさーん」と笑顔で手を振る。

「待ってましたよ〜。今日は忙しそう？」

「どうだろうな。とりあえずはエリさんのそばにいるよ」

「ほんとに？　嬉しい。以前のコウさんだったら十分もいないうちに次のテーブルに回っちゃうって話だったけど、営業スタイルを変えたんですか」

「まあ、うん、そんなところ」

以前のコウを知らないから言葉を濁したものの、エリは好意的に受け取ってくれたようだ。

「じゃ、じゃあ、記念にボトル入れちゃおうかなー。そんなに高いやつじゃないけど、せっかくコウさんに同伴してもらったし。取材も兼ねて」

「いいのか？　無理するなよ。こうして店に来てくれるだけでも充分に嬉しいんだ。ネクタイだって買ってもらったんだし」

謙虚な言葉に、若手ホストたちが驚いている。

「コウさん、やっさしー……」

「変わりましたよね、最近のコウさん。紳士っていうか」

「……そんなに前の俺は無礼だったか？」

「いえいえ。そんな。でもなんていうか、俺様ホストとして君臨してたコウさんの口から『無理するなよ』なんて聞ける日が来るとは思ってなかったから」

「なー、どんなに高いボトルを入れてもらっても足を組んで平然としてたもんな。シャンパンコールも艶然《えんぜん》と眺めてる感じで」

「そうか……」

いきなり尊大な態度は取れない。

思い悩んでいるうちに、エリは若手ホストとあれこれ相談し、ドンペリの一番安いボトルを入れることに決めたらしい。一番安いと言っても、ホストクラブ価格で一本十四万円もする。

「ほんとうに大丈夫か？　無理してないか？」

「大丈夫ですって。この間臨時収入があって、いま懐が温かいんです。今夜は特別」

「ならいいけど……」

「ピンドン入りまーす！」

若手ホストのかけ声に、店内中が盛り上がる。そこから始まったシャンパンコールは見物だった。

「三番テーブルにピンドン入りましたー！」

マイクを通した声が店中に響く。いっせいにホストが手を叩《たた》き、客たちも盛り上がる。

エリをメインに据えた三番テーブルでは若手ホストがドン・ペリニヨンのロゼを開けてわっと盛り上がり、コールを始めた。

「今日もーおまえはーいい波乗ってんね！　隣のーあなたもーいい波乗ってんね！　財布のー中身もーいい波乗ってんね！　みんなー今日もーいい波乗ってんね！」

「フー！」

「じゃあ姫ちゃんからひと言！」

姫ちゃんと呼ばれたエリはマイクを受け取り、恥ずかしそうに、「楽しいです。ありがとうございます！」と頬を染めている。その間涼は足を高々と組み、無遠慮にならない程度にエリの肩に手を置いていた。

「あー、初めてシャンパンコールが聞けてめちゃくちゃ楽しかったー。はまっちゃう！」

「おっ、姫ちゃんお目が高い！」

「なんたってコウさんを指名した姫ちゃんだもんね」

冷えたシャンパンを呑みつつ話を合わせていると、再び楽しげなマイクの音声が響く。

「七番テーブルにヴーヴ入りましたー！」

「フー！」

目をやれば、トオルのついているテーブルだ。三十代とおぼしき妖艶な美女がトオルにしなだれかかり、賑やかなコール中もぎゅっとしがみついて離れない。どうやら、今夜の太客のようだ。

「なあ……いまさら聞くのもアレだけど、ヴーヴっていくらしたっけ」

「あー、いまトオルさんが入れてもらったやつは三十万っすね」

「さ……」

それはもう、月給を超えるではないか。

こんなふうに何十万ものボトルが次々に入るホストクラブの怖さをあらためて知った気がする。パチンコやスロットの比ではない。金があっという間に溶けていく。

「こんなのでびびるコウさんじゃないでしょ」

「そうそう。ロマネやエンジェルをぽんぽん入れてもらうコウさんなんだから」

「ここだけの話」

若手ホストがこっそり耳打ちしてくる。

「うちに一本だけあるブラックパールを、コウさんとトオルさんのどちらが客に入れてもらうか、俺らの間で賭《か》けてるんです。俺は絶対コウさん派」

「俺も俺も」

耳打ちを聞きつけたもうひとりのホストが楽しそうに笑うので、おそるおそる「それって、いくらするんだっけ。ど忘れした」と訊いてみた。

すると若手ホストはぴっと三本の指を立てる。

「三百……万？」

「ゼロが一個足りません」

「え」

「三千万です」

「……っ」

本気で絶句してしまった。

たかだか酒にマンションが買える値段がつくとは。

そんな値段をぽんと出せる太客は、キャバクラのトップ嬢かどこぞのマダムだけだ。

ロマネやエンジェルだって三百万から五百万すると若手ホストがうきうきした顔で補足してくれるが、涼は背中に汗を滲ませていた。

こんな戦場でナンバーワンをずっと守り続けてきたコウとはいったいどんな男なのか。

知っているようでまったく知らない。

客としてついたのは一度きりだ。しかし、あの時点からすでに普通のホストとはオーラが異なっていた。

圧倒されるような雄っぽさを発し、甘く低い声で女たちを手玉に取り、財布の紐《ひも》をゆるめる——そんなイメージをいまの自分に当てはめてみるけれども、まったくぴんと来ない。

さっき、エリが入れてくれたピンドンだけでも充分高い。十四万といったら、「ヨシオ タケウチ」でわりといいスーツが買える値段だ。

酒とスーツ。

比較にもならないだろうが、酒は呑んでしまえば消えてなくなる。その点、スーツはちゃんと手元に残り、長く愛用してもらえる。

けれど、価値観というのはひとによって大きく異なる。

スーツだって探せば上下で五千円もしないファストファッションがたくさんある時代だ。酒も一缶百円もしないで強く酔えるものもあるだろう。

そこにあえて高い金を支払うひとの気持ちとはどんなものか。

いままではスーツを売ることばかりで頭がいっぱいだったから、客の心情にまで想いを馳せたことがないように思う。

「あー、たっのしー」

ふわふわした声でエリが腕を組んでくる。

「こんなに盛り上がれるなら、定期的に通いたくなっちゃいますね、ホストクラブ」

「そう……か。でも、やっぱり無理はしなくていいんだからな。ひと晩に何百万も使ってある日突然来なくなるより、数万でも長く来てくれるほうが俺は嬉しい」

「コウさん……」

　エリはきょとんとしていたが、ややあってから目尻を解けさせる。

「これまで取材がてらいろんなホストクラブに行きましたけど、コウさんみたいなひと見たことない。みんな、ボトルを入れさせようと必死になってるのに。そういう謙虚なところを見せられたら女として拳を上げたくなるじゃないですか。ね、ね、それももしかして営業用の対応？」

「違う、本心だ」

「わー、惚れちゃうからやめて」

　けらけらと声を上げるエリは笑い上戸らしい。

　楽しんでくれているならそれでいいのだが、闇金に走るような呑み方は強《し》いたくない。

　貴重なボトルを入れてくれたエリや若手ホストたちとその後も話し込み、途中何度か新規指名で呼ばれて中座した。

　二時間経《た》った頃か。陽気に酔ったエリが「お会計お願いしまーす」と手を挙げ、若手ホストが明細を挟んだ革の手帳を差し出す。気前よくクレジットカードを出したエリがブーケの入った紙袋をのぞき込み、ふふ、と嬉しそうに笑っている。

「家に帰ったら早速飾りますね。また同伴しましょ」

「ああ、ぜひ」

酔っていても足取りがしっかりしているエリを玄関まで見送り、深々と頭を下げてから店に戻ると、奥のテーブルでシャンパンコールが始まっていた。

トオルのテーブルだ。先ほどヴーヴを入れた客とは別口らしく、ふたり連れの若い女性がおおいにはしゃいでいる。

盛り上がってるんだなと素直に感動する。

これが本物のコウだったら闘志を燃やしていただろう。

日々の売り上げによってナンバーワン、ナンバーツーの座が激しく入れ替わり、トップの座を守るためにひとりでも多くの客にボトルを入れてもらおうと躍起になるのが、きっと『コウ』だ。しかし、いまは涼としての『コウ』だ。手荒な真似はしたくないし、客に無理強いをさせるつもりもない。

とはいうものの、やはり元に戻ったとき、コウにトップでいてほしいとも思う。

魂が入れ替わった状態でも、自分なりに知恵を絞って接客しなければ。

女性相手になにを言えば気分よく過ごしてくれるのか。ボディタッチはどこまですればいいのか。

考えれば考えるほど悩みは尽きない。

「コウさん、六番テーブルに指名入りました」

黒服が近づいてきたことで『コウ』としての余裕ある笑みを取り戻し、「いま行く」とジャケットの襟をぴしりと正す。

「あーん、コウくん会いたかったあー」

テーブルに着くと、黒のシックなオフショルダーの若い女性がバンザイして出迎えてくれる。すぐさま涼の腕にぴったりとしがみつき、「寂しかったんだからぁ」と甘えた声を出す。なめらかで艶のある肌、派手にメイクした顔。きっとどこかのキャバクラのトップ嬢だろう。

「ユキ、最近忙しくてお店に来られなくって。コウくんが誰かに取られちゃうんじゃないかって心配してたんだから～」

「そうか、わざわざ悪かったな」

こころを込めて言うと、ユキと名乗る客はきょとんと目を瞠る。

「……なんかいつものコウくんじゃないみたい……どうしたの？　元気ない？」

「え？　い、いや、そんなことはないぜ。なに呑んでる？　ヴーヴか、張り込んでくれたんだな」

若いながらもコウの太客だと悟った。テーブルには高価なボトルとフルーツの盛り合わせが鎮座している。金払いがいい客だ。いますぐコウにＬＩＮＥして、『ユキってお客さん、大事にしたほうがいいですよね』と尋ねたいが、絡み付いている華奢な腕は頑として離れない。

「もっと呑も？　ね。いつものコウくんみたいにハチャメチャに盛り上げてよ」

と言われても、困る。

いつものコウがどんなふうに彼女を喜ばせていたか、皆目見当が付かないのだ。

精一杯俺様ぶって彼女に受けそうな話題を切り出したけれど、刻々とユキの顔は曇っていく。呑むペースも遅くなっていく。途中からタカオがヘルプで入ってくれ、必死に場を盛り上げてくれたが、ユキは不満そうだ。

彼女がトイレに立った隙に、「コウさんの太客でも三本指に入るキャバ嬢ですよ、ユキさん。めちゃくちゃ人気のある嬢で、最近うちにも顔を見せないぐらい忙しかったらしいです」とタカオが耳打ちしてくれた。

ユキも、夜の世界を懸命に泳ぎ抜く人間なのだ。日頃、キャバクラで接客にこころをすり減らしているぶん、ここ「J」では特別な姫扱いをされたいのだろう。

その期待に応えることができていない。どうすればいいのか、どうすべきか。

話題が尽きたところで、するっと手が解かれた。

「ユキ、最近仕事は……」

「忙しいって言ったじゃん。だからせっかく時間作って来たのに」

ユキはすっかりご機嫌斜めで頬をふくらませている。

「ぜんぜんコウくんっぽくない。つまんなーい。盛り上がらないよ」

返す言葉もない。

そもそも、自分は『コウ』ではないのだから。

コウならば、ユキの気を惹くために肩を抱いたり、さりげなく手を握ったりするのだろう。

それが涼にはできなかった。

いくらホストと言っても、断りもなく女性の身体に触れるのは失礼な気がしたのだ。

「……ごめん、最近ちょっと調子悪くてさ」

「帰る。お会計」

「ユキ、待てよ。もうすこし」

「お会計！」

「はーい、ユキさん、そう怒らないで。待っててね」

取りなすようにタカオが明るく笑い、黒服を呼びつけてすぐさま会計を終える。

高飛車なユキが求めていたのは、攻めて攻めまくる俺様コウだったのだろう。強引にでも彼女の肩を抱き、低い声で甘い言葉を囁《ささや》く男らしさの権化、歌舞伎町ナンバーワンのコウだ。

演じきれなかった。コウとして接客に失敗した。

最後まで機嫌を損ねていたユキに取り付く島もなく、ただ見送ることしかできない。

「ありがとうございました！」

「また来てくれ、ユキ」

ほっそりした背中にタカオとともに呼びかけたけれども、振り返らない。ユキはヒールの音も高々に歩いていき、ひと混みの中に消えていく。

隣でタカオがため息をついていた。

「怒ってましたねえユキさん……」

「俺の、せいだよな。……盛り上げられなかったから」

コウの大切な太客を逃してしまったかもしれない。

もう二度と店に来てくれないかもしれない。

絶対にナンバーワンの座を守ると約束したのに。

肩を落としていると、タカオが顔をのぞき込んでくる。

「コウさんもそんなに落ち込まないでくださいよ。確かにユキさんは太客ですけど、気まぐれなひとだったし。最近、べつのホスクラにも通ってるって話聞いたことあります」

「そう、か……ますます悪いことしたな。タカオにもついてもらったのにさ」

「お客さんの気持ちを変えるのは難しいですよね。でも、ユキさんにはいままでずいぶん貢いでもらったじゃないですか。最近のコウさんが前と変わったってことは否めないけど、そのぶん新規客がついてきてくれてるのは確かなことじゃないですか」

大丈夫ですよ、とタカオが朗らかに笑う。

「忘れた頃にやってくる太客よりも、こまめに通ってくれる客を今後は大事にしましょうよ。エリさんもそうですよ。最近毎週来てくれてるじゃないですか。他にも、新しいお客さんが来てくれてるし。馴染み深い太客が離れていく時期は誰にだってありますよ。そこにすがるよりも、新規をどんどん開拓していきましょうよ」

思いきり背中を叩《たた》かれて噎《む》せた。だが、重いつかえがすこしだけ胸から下りた気分だ。

前向きなタカオに救われた。

「ありがとな、タカオ。今夜礼をするから」

「へへ、じゃあ焼き肉！　高いやつ！」

「わかった」

この約束は絶対に守ろう。タカオのためにも、コウのためにも。

一発大逆転を狙《ねら》うことはできないけれども、こつこつ積み上げていくことは可能だ。

コウじゃなく、『自分』だからこそできることはある。

そう信じたかった。

「ただいまー……」

「おう、おかえり」

「コウさん、起きてたんですか」

「明日はオフだからな」

「僕もです」

深夜にマンションへ戻ると、ルームウェア姿のコウが出迎えてくれた。

「いままでゲームやってたんだ。なんか食べてきたか？」

「ええ、帰りにタカオさんたちと一緒に焼き肉を」

「順調に馴染んでるみたいだな」

満足そうに言うコウがあとをついてきて、涼の胸元を飾るネクタイを手に取って笑う。

「まさかおまえが今日、客を連れて店に来るとは思わなかった。前もってＬＩＮＥ入れろよ」

「すみません、そんな暇なくて。でもコウさん、もうすっかり『ヨシオ　タケウチ』のスタッフですね。他のスタッフとはうまくいってますか？」

「どんと来いよ。まあ、中には以前より積極的になった俺に首を傾げてる奴もいるけどさ」

「誰？」

「店長の石住って男」

「ああ、勘がいいひとだからなあ……」

「今日、石住に怒られた。強引な接客をするなって」

ぽそりとコウが呟き、耳を疑った。

石住が怒るところなんて見たことがない。コウはいったいなにをしでかしたのか。

涼も、ユキのことをまだ引きずっていた。焼肉屋ではソフトドリンクにしたので、ひと口呑みたい気分だ。

「お互いに明日オフなら、ちょっと呑みません？」

「いいな。ビール？　ワイン？　ブランデーもあるぞ」

「とりあえずビールかな」

「言うと思った。キンキンに冷えてる」

涼もルームウェアに着替え、コウのあとをついていく。

冷蔵庫で冷やしていた缶ビールを二本取り出したコウがソファに腰を下ろし、一本差し出してくる。大画面のテレビでは最近人気のホラーアクションゲームが映っていた。

「コウさんでもゲームするんだ」

「するする。もともと好きなんだけど、太客にゲーム好きの子がいてさ。その子と話を合わせるためにもはやりのものはひととおりやってる。本も映画もテレビドラマも結構観てるほうだな」

「それもやっぱりナンバーワンのため？」

「当たり前だろ。客と話が途切れて気まずくなるのが一番怖い。いろんな抽斗《ひきだし》を持っておくのがホストは大事なんだ」

「じゃあ僕もあとでそのゲーム、隣で観てようかな」

ビールを呷《あお》り、渇いた喉《のど》を潤す。

「そういえば、今日トオルさんと初めて顔を合わせました」

「お、マジで。どんな感じだった？」

「やさしそうなひとですよね。お客さんも盛り上がってましたし、次々にボトル入れてもらってましたよ」

「呑気《のんき》に言うな。おまえこそ景気よくボトルを入れてもらわなきゃだめだろ」

そこでユキのことを思い返す。

コウに謝らなくては。

「今日、じつはユキさんというお客さんがいらしたんですが、僕、うまく盛り上げられなくて……怒らせてしまったみたいで」

「ユキか。久しぶりに来たんだな」

「はい」

今夜の出来事をぽつぽつと話す。

コウは最後まで黙って聞いていた。

「そうしょげんなよ」

思いがけずもやさしい声音に顔を上げると、コウは笑っていた。

「ユキはもともと扱いづらい客だったからな。仕方ない。そういうときもあるさ。俺だって新人の頃はそう簡単に客がつかなかった。だから新規を捕まえるのに必死だったぜ。なにごともこつこつ、が肝心だよな」

「でも、ユキさん、コウさんの太客でしょう？　今夜だってヴーヴを入れてくれたのに」

「あー、まあわかるけどさ。……やっぱり俺たち、入れ替わってんだな」

「コウさん……？」

ふっと息を吐くコウが片膝を折り曲げ、ソファの縁に乗せる。

「今日、俺のほうは石住に怒られたって言ったよな」

「ええ、どうして？」

「俺のやり方が前とぜんぜん違うってさ。来た客来た客にガンガン売り込んでたら、『もっと丁寧に接しなさい』ってよ。俺がいいと思ってるアイテムをアピールしてんだから間違いないって言い返したら、『ほんとうに岡野くんかい？　別人みたいだよ』とまで言われた。橋本《はしもと》って奴にもまじまじ見られた」

「鋭い、ですね」

「なー。まあ、まさか魂が入れ替わってるなんて石住も考えなかったようだけど、『もっとひとりひとりの顔や態度を見て接客をしなさい』って言われたよ。怒られるなんて何年ぶりだ？

へこむよなぁ……」

あの穏やかな石住があえて注意したということは、「ヨシオ　タケウチ」でのコウが強引すぎたのだろう。

今日、ネクタイを売ってくれたときだってそうだった。自信満々で、付け入る隙も見当たらない。自分にはないものだからこそ憧《あこが》れるが、いつも涼を見ていたひとびとからしたら、突然どうしたのかと戸惑ったのだろう。

口を閉ざすコウの横顔をじっと見つめる。

俺様コウがしょげているなんて、ちょっと可愛い。

胸の奥がほわりと温かくなって、コウの髪をすこしだけ引っ張った。

「大丈夫ですよ、コウさん。石住さんはめったに怒らないけど、ツボを押さえているからこそ店長になったひとです。その石住さんがあなたに注意したということは、伸びしろがあるってことですよ」

「……伸びしろ……」

「コウさんの自信があるところ、僕は尊敬してます。同じ男でも憧れます。だからこそ、いまのコウさんは無理やり売り込まなくても大丈夫なんだって石住さんは言いたいんだと思いますよ。『ヨシオ　タケウチ』はハイブランドですから、お客様にゆっくり商品を見ていただいて、時間をかけて試着もしていただきます。ご納得いくまで。アフターケアも万全です」

「ホストとはまたぜんぜん違うよな……」

「お互い、苦労しますね」

くすりと笑い、ビールを呷る。苦みが心地好い。

ささやかなことでも積み上げていく。

今日、互いにそのことに気づいたのだ。

コウの表情もやわらかい。

「ご新規さんがついてくれるのはありがたいです。僕としては精一杯コウさんを演じてるだけなんだけど、それでも気に入ってくれるお客さんがいるんですね。嬉しいです」

「ったく、謙虚だな……。枕《まくら》仕事は絶対だめだけど、それなりに女を気分よくさせてるか」

「まあ、それは——それなりに。今日、同伴もできたし、ネクタイも買ってもらったし。ボトルまで入れてもらっちゃいました。あのシャンパンコール、何回聞いてもおもしろいですね」

「あれな。乗ったもん勝ちなんだよ。姫ちゃんを持ち上げて気分よくさせるのが俺らの仕事。そのうち、シャンパンタワーぶっ立ててくれる客もちゃんと呼べよ」

「それ、検索しましたけど、びっくりするぐらいお金がかかるんですよね……こっちがひやひやします」

胸に手を当てると、コウが苦笑して缶ビールを揺らす。

「真面目だよなーおまえ。……なあ、明日よかったら気晴らしに一緒にどこか出かけないか。

お互いオフなんだし。昼ぐらいに起きて、どっかさ」

「どこかってどこ？」

「映画を観るのでもいいけど、電車に乗って出かけるのでもいいな。だとすると朝起きないとだめか」

「電車に乗ってどこか……うーん。どこがいいんだろ」

「テーマパークは？」

ぱっと顔を輝かせるコウに思わず笑ってしまった。

「男ふたりで？」

「いいじゃん、そうめずらしくないって。浦安《うらやす》のテーマパークなら日帰りで遊べるだろ。だいぶ前に客と行ったきりだから、久々にのんびり遊びたい。ポップコーンバケツを首から提げて、頭に猫耳のカチューシャ着けてさ」

「そんなコウさん見たら僕ほんとに笑っちゃいますよ。……でも、いいですね、テーマパーク。僕もいつぶりだろう。大学生のときに数回行ったきりで、社会人になってからはご無沙汰《ぶさた》かな」

「な、な、いい案だろ。じゃ、このビール呑んだらすぐ寝よう。明日は早起きだ」

「ですね。お互い寝坊しないように」

「叩き起こす」

缶ビールの縁をカツンとぶつけてきたコウが一気に呷った。

5

翌日は朝から綺麗に晴れ渡った。

朝晩の空気がだいぶ冷え込み、もう冬なのだと知る。

十一月のテーマパークは、歩いていれば暖かいだろうが、列に並んでじっと待つ時間は冷え込むだろう。

着るものにあれこれと悩み、薄手のカシミアのセーターにジーンズ、それに軽いネイビーのダウンジャケットを合わせることにした。コウも同じような格好で、ダウンジャケットはやわらかい印象のオフホワイトだ。ボディバッグを背負い、ふたりして最寄り駅から浦安へと電車を乗り継ぎ、十時過ぎにはテーマパークに到着した。

「なにから行く？　おまえ、アトラクション派？　ショウを観たい派？」

「んー、久々だからアトラクションを楽しみたいかな」

「だったらまずクルーズ船に乗ろう。そんで次はジェットコースターに乗って、休憩がてら昼飯ってコースでどうだ」

「お任せします」

さすがナンバーワンホストだ。段取りが早い。

クルーズ船に向かう途中でポップコーンを買い求め、ふたりそれぞれ違うフレーバーのバケツを首から提げた。

コウはキャラメル味、涼《りょう》はコンソメ味だ。たっぷり入っているし、オーソドックスな味が一番美味しい。

「ちょっと味見」

隣を歩くコウが涼のポップコーンバケツに指を突っ込んでくる。涼もいつになく浮かれた気分で、「じゃ、僕も」とコウのバケツに手を伸ばす。

「違う味にしてよかったな。二倍楽しめる」

「ですね」

見上げると空が広い。遮るものがひとつもないせいだ。立ち止まって深呼吸していると、コウが可笑《おか》しそうな顔でのぞき込んできた。

「どうした、もう疲れたか？　どこかで休むか」

「ううん、大丈夫です。ただ、すごく気持ちよくて。……あなたと入れ替わって以来、ずっと気を張り詰めっぱなしだったし、夕方から夜にかけて働くのが当たり前だから、こうして午前中の陽射《ひざ》しを浴びるのもいいなあって」

「じいさんか、おまえは。でも、確かにな。俺は俺で毎日朝起きるのがしんどいけど、かなり慣れてきた。といっても、日中はずっと建物の中にいるから、外の天気がわからないんだよな」

「ですよね。たまにはこうしてのんびり日光浴するのも大事ですよね」

「だな」

他愛ないことを喋《しゃべ》りながらクルーズ船に乗り、園内を半周する。下船する頃にはもうポップコーンも食べ終えていて、難なくジェットコースターにも乗れた。

可笑しかったのが、頂上付近から落下する際、コウが派手な叫び声を上げていたことだ。

「もしかしてジェットコースター、苦手でした？」

ジェットコースターから降りたあと、よろけるコウに肩を貸し、すぐそばにあったベンチに並んで座った。

「高いところから一気に落ちるのが怖ぇんだよ……」

「先に言ってくれれば乗らなかったのに」

「だっておまえがうきうきしてっから」

恨めしそうな目を向けられて、笑ってしまう。

「すみません。コウさんにも苦手なものがあるんですね。大発見です」

「そりゃあるよ。歩いて進むお化け屋敷なんて絶対に無理だ」

「ああ、あれは僕も苦手です。追いかけられると本気で悲鳴上げちゃいますよ」

「だよなー。そういうところ、女のほうが強いよな。前にここに客と来たときも、悲鳴を上げないようにするので必死だった」

「今日は盛大に上げてましたけどね」

「おまえは客じゃないし」

やっと落ち着いたのか、コウが意味深に笑ってちらっと目配せしてくる。

『自分』の顔なのに、その艶《つや》やかさにどきりとしてしまう。

「……コウさん、最近うちの店で色っぽくなったとか言われてません……？」

「めちゃくちゃ言われてる。とうとう恋人できたの、とか」

「そりゃ、そんな顔されちゃ……」

「なんか変な顔してたか俺」

魂が入れ替わったことで、感情も、そしてもちろん表情も変わるのだろう。

「自分で言うのもなんだけど、魅力的、だと思います。ずっとそういう顔をしてくれてたらいいのに」

「ばーか。これはプライベート用。そうそう客に色気を出していられるか。……でもなあ、『ヨシオ　タケウチ』ってアウターが二、三十万もするだろ？　愛想のひとつやふたつ振りまいておかないとここから先大変だな」

「コート類の売り上げで苦戦してますか」

「してるしてる。試着するところまではいくんだけど、みんな値段を見て怖じ気づくんだよな。フェザー百パーセントのダウンジャケットなんかふわふわして着心地最高なのに。カシミアのコートだってそうだ。羽織ってる気にならないぐらい軽いのに、やっぱり値段で引かれるんだよ。どうしたもんかな」

「そうですね……確かにアウター類は毎年買い替えるものでもないので……。ファストファッションならワンシーズン着潰《きつぶ》して次のシーズンまた似たようなものを買うというサイクルができあがってますけど、それって結局あまりいい素材を使ってないからへたれるのも早いということですよね。でも、『ヨシオ　タケウチ』は違います。着込めば着込むほど身体に馴染んでいい味を出す。お手入れもクリーニング屋に預けてもらえばOKなんですけど」

「そのひと手間が惜しいのかな」

「かもしれませんね」

「俺がホストだったときは頼んでもないのに客からボトルをバンバン入れてくれたもんだけどなぁ……」

　近くのワゴンで涼が買ってきたコーラを飲み、コウが呟く。

「貢がれ上手なコウさんですもんね。お客さんも感心してましたよ。でも、服はそうじゃないですから。確かに僕にも太っ腹なお客さんは数人いますが、三十万もするコートを何着も買ってくれるわけじゃありません。納得するまで試着して、こころから気に入った一枚を購入していただくんです」

「こころから気に入った一枚、か……」

「何十万もするボトルをひと晩に何本も入れてもらえるコウさんにはなかなかわからない感覚ですよね」

「……そうだな」

ドリンクのカップを揺らすコウが長々と足を伸ばし、ベンチに背を預けて空を見上げる。

「ホスト時代に培った営業力が涼の職場でも生きると思ったんだけどなあ……どうも俺はごり押ししてしまう。客が引いてるのがわかるんだよな。女と男じゃ扱いが違って困る」

「それはそうでしょう。ホストは夢を売る商売なんだから。僕が売っていたのは日常に花を添える洋服です。男性だったらクラブやキャバクラで大枚をはたくのでしょうけど、洋服となるとまた違うと思います」

「あー、おまえがキャバ嬢だったらな。ホストとキャバ嬢が入れ替わるんだったらたいした支障は出なさそうじゃん?」

「そういうものですか?」

「たぶん」

気のない感じで言ったコウがコーラを飲み干し、席を立つ。

「よし、そろそろ昼飯食いに行くか」

「もう立ち上がって大丈夫ですか」

「平気平気。休んだら治った。ありがとな。なに食べたい？　イタリアン？　和食？　チャイニーズ？　それともフレンチ？」

「悩ましいですね……チャイニーズかな」

「だったら歩いてすぐそこだ。行こう」

すたすたと歩き出すコウの隣に並ぶ。

目的のチャイニーズレストランは混雑していたが、十五分ほど待って入ることができた。テーマパークのレストランにしては美味しい。

食べ終えたあとは腹ごなしにパーク内をぶらぶら歩いた。

黒い建物の前で、「あ」とコウが足を止める。

「あれなら大丈夫。おまえも楽しめるはずだ」

「ホラーハウス……？」

黒の長いワンピースやスーツにマントを羽織ったゴシックスタイルのキャストたちが笑顔で来園客を案内していた。

「ファンタジーな雰囲気で楽しいお化け屋敷だよ。入ったことないか？」

「ないです。ほんとうに怖くない？」

「怖くない怖くない」

楽しげに言うコウに手を引かれ、列に並んだ。

「コウさん、お化け屋敷苦手だって言ったじゃないですか」

「ここはべつ。ま、リラックスしてなって。楽しいからさ」

すこしずつ列が進み、順番が来た。ワゴンにふたりで乗って、安全バーを下ろす。

暗闇の中、ゆったりしたスピードでワゴンが進んでいく。ふわふわと漂うゴーストのホログラムに怯《おび》え、無意識にコウに身を寄せた。

上り坂になっていく途中で天井からぺろんと黒い影が落ちてきて、思わず悲鳴を上げてしまった。

「わ、わ、コウさん、やっぱり怖いじゃないですか……！」

「だーいじょうぶだって。おまえ、俺の顔してそんなにびびるなよ」

肩を抱き寄せられるままにコウにすがり、「わっ」だの「ひっ」だの言っているうちに大広間へと出た。

「ほら、見てみろって、楽しいぞ」

「やだ……！」

「駄々っ子かおまえは」

彼の肩口に顔を押し付けていたが、「ほんとに楽しいってば」と言い含められておそるおそる瞼《まぶた》を開ける。

空中を飛び交うゴースト、魔法使いたちがきらきらしていた。お化けたちの舞踏会、ワンダーランドだ。

「もうすぐ鏡に俺らが映るぞ」

「鏡……？」

ふわりと楕円形《だえんけい》の鏡が目の前に現れた。

そこに、コウと自分が映る。

『コウ』の顔をした自分と、『涼』の顔をしたコウが鏡に。

その一瞬、魂が元に戻った気分だった。

本来の『涼』である自分がコウにすがっているように見えた。

目を丸くした自分に、コウが見入っている。

「なんでだかなあ……」

ひとりごとのように呟いたコウが顎を摑《つか》んできて、目の奥をのぞき込んでくる。

それから、軽いキス。

「コウ、……さん」

「なんでおまえにキスしたくなるんだろ……」

「それは……あの、……なんででしょう」

平静を装おうとしても声が掠《かす》れてしまう。

「おまえが思ったより骨がある奴だからかもな。俺の代わりなんて三日も務まらないと思ってたのに」

それから、もう一度キス。

今度はしっかりとくちびるが重なった。

コウの熱が伝わってくる。

暗がりなら互いの顔もよく見えなくて、魂が入れ替わっている事実をつかの間忘れられる。

ちゅ、ちゅ、と甘くついばまれて、熱っぽい息がこぼれ落ちた。まるでまじないにかかった気分だ。

「いま、ほんとうの俺だったらここのオフィシャルホテルにおまえを連れ込むのにな」

「……ばか」

額を擦りつけ合って互いにちいさく笑う。

こころのどこかで繋《つな》がっている。

神様のいたずらで魂が入れ替わってしまい、いまはひとつ屋根の下で暮らす仲だ。

だけど、もうそれだけじゃない。

6

十二月に入り、ホストクラブは毎日大騒ぎだ。

クリスマスイブに、今年ナンバーワンのホストが決まるシステムになっているのだ。

あれからコウとは何度もあの路地で互いに思いきり頭をぶつけたものの、涙目で終わり、魂が元どおりになることはなかった。

なにがいけないのだろう。なにがスイッチになるのだろう。

確かあの日――コウと出会った日は雨が降っていた。だからわざわざ天気予報を毎日チェックし、雨降りの夕方を選んで休憩時間のコウと示し合わせ、クラブ「J」の従業員口でお互いに目から火花が散るほど頭をぶつけ合ったのだが、なにも変わらなかった。

仕方なくコウは百貨店に舞い戻り、涼《りょう》は「J」へと足を向けた。

今夜も「J」は大盛況だ。

トオルやタカオの指名客も訪れ、皆、豪勢にボトルを入れている。

「コウくーん、どこ行ってたの？　寂しかったぁ」

「ごめんね。ちょっと野暮用で」

四十代前半のミサキはコウの太客だ。夫君が大手繊維会社の社長で、子どもはすでに独り立ちし、ミサキは優雅なマダムライフを送っている。無類の酒好きで酔うとボディタッチが激しいのが難だが、今夜はまだほろ酔いだ。

ユキはあれ以来、来ていない。ミサキは絶対に逃してはならない客だ。彼女の隣に腰掛け、先ほど入れてもらったばかりのルイ13世を呑む。深く濃厚な香りが特徴的だ。

「コウくん、今年もナンバーワン目指してるんでしょ？　わたしが奮発してあげよっか」

「ほんとうに？」

「うん。夫の会社もうまくいってて、いまわたしリッチなのよね。思いきってブラックパール入れちゃおっかな～」

店に一本しかない噂《うわさ》の三千万もするボトルだ。

それを入れてくれれば間違いなく、『コウ』は今年のナンバーワンになれる。

期待を込めた目でミサキを見ると、いたずらっぽそうにウインクされた。

「でも、ただ普通にボトルを入れたんじゃおもしろくないわよね。ひとつ、賭けをしてみない？」

「賭け？」

「この間コウくんがオフだったときに、わたし、トオルくんについてもらったの。お客さんもすくなかったから、結構長い時間喋ることができて。さっすが、ナンバーツーだけあるわよね。聞き上手だし、盛り上げ上手。あ、もちろんわたしの本命はコウくんよ？　でも、トオルくんもいいかな〜ってちょっと揺れちゃった」

「そんな……、ミサキさん」

「いい男ふたりに挟まれて揺れ動く女ごころ、わかる？　だからぁ……」

そこでミサキが身体を寄せてきてこそっと耳打ちする。濃く甘い花の香りが鼻をつく。

「わたしと一夜をともにしてくれたどっちかにブラックパールを入れようかなと思って。どう？　悪い話じゃないでしょ？」

目の前が真っ暗になった。

一夜をともにするということは――枕営業をするということだ。

それだけは絶対にするなとコウに命じられていた。

しかし、三千万のボトルを入れてもらえるなら、と思い悩む。

「あさっての木曜日に勝負しましょ。わたし、トオルくんとコウくんにＬＩＮＥするから。指定したホテルに来てひと晩をともにしたほうにブラックパールを入れてあげる。どう？　この賭け、乗る？」

激しく逡巡《しゅんじゅん》したが、ユキのことが胸をよぎる。

今度こそ――今度こそナンバーワンを守らなければ。

「……乗り、ます」

ここが正念場だ。

あさってまでにはまだ時間がある。コウにも相談し、勝負に出るかどうかよくよく考えよう。

ナンバーワンがかかっているなら、一夜かぎりのアバンチュールをコウも認めるかもしれない。

自分はゲイだけれども、その気になれば女性だって抱けるはずだ。うまくいくかどうか、はなはだ不安だが。

みぞおちに力を込める。

そうだ。これは自分のためじゃない。

惚れた男のためだ。

出会った直後から惹かれ、一緒に過ごすうちに彼の素顔を見るにつけ、恋ごころは高まっていった。

好きなのだ、コウのことが。『自分』の顔をしたコウに惚れているのだ。

テーマパークで交わした淡いキスがいまでも忘れられない。

あのとき、コウも自分も元どおりになった錯覚に陥った。

コウとして、涼として、キスをした。

惚れた男をトップに押し上げたい。そのためなら、なんだってやってやる。

初めてこころから好きになった男だ。コウにこの気持ちが伝わらなくてもいい。彼を「J」

のナンバーワンに押し上げることですべてが報われるはずだ。

「きーまり！　西新宿の高級ホテルを押さえておくわね。ルームナンバーはＬＩＮＥで送るから」

「もし、俺とトオルが鉢合わせしたらどうするんだ？」

「そのときは三人で楽しんじゃおっかな」

ミサキが罪のない声で言う。背筋を冷や汗がつうっと垂れ落ちていく。

ナイスアイデアと言わんばかりにミサキははしゃぎ、その後も豪勢にボトルを二本入れてくれて、閉店間近に帰っていった。

店の玄関でぼうっと彼女のうしろ姿を見送る涼に、「コウさん」とやわらかな声がかかる。

振り向けばトオルだ。

「いまの、ミサキさんですよね。この間コウさんがオフのときに席に着かせていただきました」

「らしいな。彼女に聞いたよ」

「酔うとボディタッチがすごいですよね、彼女。僕なんか危うく股間を握られそうになりましたよ」

「そ、それは災難だったな」

「コウさんの太客だからなんとか回避しましたけど。でも、僕にも色目を使ってましたよ。なかなか肝の据わった方ですよね」

「……だな」

賭けの内容を明かすかどうか迷ったが、どうせミサキから直接トオルに話すだろう。

トオルも枕営業とはかけ離れた雰囲気だが、ブラックパールがかかっているなら挑むかもしれない。

そして、また自分も。

勇気を出せば、ひと晩ぐらい男になってやる。


「え、ミサキがブラックパールを入れてくれるって？　マジかその話」

その晩帰宅するとコウが食いついてきた。彼は明日、遅番だ。多少夜ふかししても大丈夫なのだろう。ソファに並んで座るなり、しかめ面をする。

「ミサキは俺にとって一番の太客なんだ。いままでにも何度かブラックパールを入れようかって言われたけど、いつも冗談で終わってたんだ。それがなんで急に？　なんか裏があるんじゃないのか？」

さすがはコウだ。鋭い。

ほんとうのことを言うかどうか逡巡したが、どうせどう取り繕ってもコウにはばれてしまうだろう。

「じつは……」

訥々《とつとつ》と事の次第を明かす。

ミサキとトオルと西新宿の高級ホテルでひと晩過ごす、と話すとコウの顔が険しくなる。

「だーかーら、枕営業はだめだって言っただろ」

「そうだけど、そうならないようにうまくやります。トオルさんにも協力してもらって」

「まさかミサキを酔い潰すとか？　あの女、ザルだぞザル。それに二日酔いになって記憶を飛ばすこともない。うまく騙《だま》そうとしても絶対にバレる」

「でも、せっかくのチャンスなんだし。ここでブラックパールを僕が入れてもらえれば、『コウ』さんは今年もナンバーワンです」

「それはもういいって」

乱暴に言い捨てられて迷う。

なにか気を悪くしただろうか。

「大丈夫ですよ。この一か月ちょっと、僕だってホストのいろはを学んだんですから。女性を上手にあしらうことぐらいできます」

「だから、そこまでする必要ないっつうの」

「でも、これをしなきゃあなたはナンバーワンになれないでしょう」

「俺は俺でどうにかする。おまえが変に頭を突っ込むな」

「そんな言い方ないじゃないですか」

荒い言葉を投げつけられて、涼も気色ばむ。

彼のためと思っているのに。どうしてわかってくれないのだろう。

「枕営業にならないよう、寸前でかわします。だから、僕を信じてください」

「だめだ。絶対にだめだ。この話は、なしだ」

「コウさん……僕が信じられませんか」

「信じる信じないの話じゃない。俺は枕営業をしないでナンバーワンの地位を築いたんだ。いまさら枕なんてできるか。そんな卑怯《ひきょう》な手を一度でも使ったらきりがないことぐらい、おまえでもわかるだろうが」

頭ごなしに言われて血が上る。

こっちだってなにも考えなしに行動しているわけではないのだ。

そもそも童貞なのだ。一度ぐらい男の証明を果たした結果、コウの役に立てればと思っただけだ。

だけ、というのはすこし嘘かもしれない。

好きな男だからこそ、力になりたい。魂が入れ替わっているいま、自分にできることがあればなんでもしたかった。

しかし、それがかえって彼の迷惑になるのだと思うと怯む。

「とにかく、ミサキとの約束は反故《ほご》にしろ」

「トオルさんにナンバーワンを奪われていいんですか」

「ばか言うな！　俺があいつに負けるわけないだろ。ああもう、いいからちょっと出かけるぞ」

「え、え、いまから？」

「ちょうど雨が降ってる」

彼がなにをしようとしているのかを瞬時に悟り、涼も腰を浮かした。

スマートフォンでタクシーを呼び、マンション前から乗り込む。

向かう先は「J」だ。雨は叩き付けるように強く降り、「J」前に着いて車外に出た途端、急いで傘を差した。

「いまから試す。いますぐ俺に戻る」

息巻くコウにぐいぐいと手を引っ張られ、店の横の路地に入っていく。深夜だ。店はもうとうに営業を終えていて、みんな帰っている。

薄暗い路地に入り、コウは雨に打たれるポリバケツをじっと見つめている。

ここで、涼はコウと頭をぶつけ、魂が入れ替わったのだ。

よくよく考えれば、なぜナンバーワンの彼がゴミ出しなどしていたのか。そういう雑事は普通、若手ホストがやるものではないだろうか。

お互いに傘を差しながら細い路地で向かい合う。ルームウェアにダウンジャケットを羽織った格好のコウは無言だ。

「……あの日」

知らずと言葉が口をついて出た。

「コウさん、あの日はどうしてゴミ出しなんかしてたんですか。あなたはナンバーワンなのに」

コウは口を閉ざして足元の水たまりを見つめている。

通りから射し込む薄い灯りが彼の輪郭をぼんやりと浮かび上がらせていた。表情まではよく見えない。

「……コウさん」

言いたくないことでもあるのだろうか。二か月にも満たない同居生活を送ってきて、寝起きのぼんやり顔や、ゲームに興じる楽しそうな顔、風呂上がりのビールを美味そうに呑む顔とプライベートな表情をたくさん見てきたつもりだが、翳《かげ》った顔はそのどれとも違う。

「言いたくなかったら構いません。……でも、……でも僕とあなた、……キスしたじゃないですか」

「いまそれを言うのか。ずるいぞ」

「ずるくありません。コウさんのことならなんでも知りたい。そう思うのってだめですか」

「……おまえ、無自覚に罪な男だな。ホストに向いてるぞ」

「冗談言わないでください」

一歩詰め寄る。傘の先から絶え間なくしずくが垂れ落ちて、ふたりの靴を濡《ぬ》らす。

ひとつ息を吐いたコウが、傘の柄をひょいと肩にもたせかけた。そうすることで、彼の顔が見える。

コウは自嘲的《じちょうてき》に笑っていた。

「あの日は――ナンバーワンじゃなかったんだ」

「どういうことですか」

「他の奴がナンバーワンだったんだよ。トオルは休暇中だったから、あの日の俺は実質ナンバースリー。で、負けた俺がゴミ出しをしてたってわけ」

「そういうルールなんですか?」

「あの日――うだつの上がらないホストが店を辞めるって話をしたよな。冴《さ》えない奴だったけど、新人の頃、俺はずいぶん世話になった。でもまあ、ホストには向いてなかったんだろうな。北海道《ほっかいどう》の実家に帰って農業を継ぐって話でさ……せっかくの最後の日だった。だからみんなには内緒で店長に相談して、俺の太客をつけさせたり、ボトルもバンバン入れてもらってあいつをナンバーワンにした。せめてものはなむけだったんだよ」

「だから……あなたがナンバースリーに……」

「店中で賭けをしてたんだよ。ナンバーワンになれなかった奴がゴミ出しをして、このバケツの掃除するっていう。屈辱的だろ。一番いいスーツを着て、高級時計をはめてるっていう男が雨に濡れながらゴミ出ししてるなんてさ。笑いたきゃ笑えよ」

「笑いません」

そんな事情があったとは。

たった一日でもナンバーワンから落ちた恥辱を上塗りするように、店の仲間が――タカオや他のホストたちも見ている中でゴミ出しをするなんて。

涼ならばなんでもないことだ。百貨店で仕事していたときはスタッフが交代でゴミ出しをしていた。店長の石住ももれなく。

序列はあるものの、品出しやゴミ出しに上下関係は作用しない。

しかし、ホストは違うのだろう。手が汚れる仕事はあくまでも若手がやるものなのだ。そして、コウやトオルは王者然としてスーツの襟を正し、颯爽《さっそう》と客とのアフターへと出かけていく。

「……罰ゲームみたいじゃないですか、そんなの」

「ホストは根が体育会系だからな。こういうのはしょっちゅうあるんだよ。で、俺はおまえとここで会った」

「ゴミ出しをしているコウさんを手伝おうとしたんですよね、僕」

「そう、それでそろって足をすべらせて頭をぶつけた。――条件はそろってる。営業終了後のこの路地で、雨も降っている。涼、思いっきりぶつかってこい」

「え？　え？」

「頭をぶつけるんだよ」

言うなりコウは傘を投げ捨て、惑う涼の肩を掴んでくる。それから覚悟を決めたような目つきをし、全身ずぶ濡れになるのも構わずに力いっぱい額をぶつけてきた。

その瞬間、ほんとうに目から火花が散った。この前も似たようなことをしたが、その比じゃない。渾身《こんしん》の力を振り絞った頭突きにくらくらし、一瞬目眩《めまい》がする。

ふわりと胸の真ん中あたりが温かくなったと感じたのもつかの間、ずきずきする額に意識が集中し、呻《うめ》きながら手で押さえた。

「いった……！」

「やっぱおまえ石頭……！」

お互い同時に声を発し、顔を見合わせ、がくりとうなだれた。

やっぱり、元に戻れていない。涼は『コウ』で、コウは『涼』のままだ。

「条件は満たしてるはずなんだけどな……なにがいけないんだ？　どうやったら元に戻れるんだ？」

苛立《いらだ》ちまぎれにコウがアスファルトを蹴《け》りつける。撥《は》ねた泥水が涼のスラックスを汚すが、気にしていられない。

「なんか……なんか他に忘れてることがあるんじゃないですか？　あのときお互いにスーツだったし」

「それはこの間やっただろう。ふたりともスーツを着て頭をぶつけても元には戻らなかったじゃないか。……くそっ、このままじゃほんとうにおまえが枕営業をすることになる。ミサキはやると言ったらやる女なんだよ」

その声にこころを揺り動かされ、「……心配、してくれてるんですか」と訊《き》いた。

「コウさん、もしかして僕がミサキさんと寝るかもしれないってことを案じてくれているんですか？」

いつになくはっきり言うと、コウは地面に転がり落ちた傘でまた顔を隠してしまう。

そして、ぽつりと言った。

「……そうだよ」

「ナンバーワンとしての矜持《きょうじ》を守る以上に、僕を気にかけてくれてるんですか」

「そうだ」

「どうして？」

答えが知りたくて知りたくて、胸がはやる。

もう一歩踏み出したが、コウがそのぶんあとずさる。

「コウさん、ねえ、どうしてですか」

「どうしてどうしてって、おまえ小学生か。ムードもへったくれもない奴には言わん」

「そんな。教えてください」

ひょっとして、もしかして、コウも想いを寄せてくれているのだろうか。

そんな淡い期待が胸を渦巻く。

手を伸ばし、コウのダウンジャケットの裾《すそ》を摑もうとしたが、するりと逃げられてしまう。

あともうすこしで捕まえられそうだったのに。

傘をくるくる回すコウが、「帰るぞ」と背中を向けて言った。

「ミサキとの約束はなかったことにしろよ。枕営業するぐらいなら、俺はナンバーツーだっていい」

「……はい」

そう返事しつつも、内心では首を横に振っていた。

コウがはっきりしないなら、自分で道を切り開くしかない。

それに、トオルとの決着もつけなければいけないのだ。

約束した日はあさって。明日はオフだから、こっそりコウの働くところをのぞきつつ、新しいスーツを買おう。

7

「お客様ならこちらのダークブラウンのスーツがお似合いになるかと思います」

「そうだな。スラックスの丈もちょうどいいし、これをもらう」

「ありがとうございます。では、お包みいたしますね」

財布からクレジットカードを取り出し、店員に渡す。商品を包んでもらっている間、以前の癖で店内中をざっと見渡した。

明日はいよいよミサキと会う日だ。『コウ』の顔をしているが、涼《りょう》のこころとして赴くので、スーツを新調したのだ。彼のスーツを借りて枕《まくら》営業に行くわけにはいかない。

いまの自分に似合う一着を、と思い、新宿《しんじゅく》南口にある百貨店の外資系メンズブランドでスーツを買った。吊《つ》るしではあるが、それなりに値が張る。合わせてワイシャツとネクタイ、カフスやタイピン、ハンカチも買い求め、靴売り場でも新しい靴を購入した。

肩からショッパーを提げた涼はカフェでひと休みしたあと、元の自分の勤め先である百貨店に向かう。

平日の昼間。メンズフロアはのんびりとしたムードだ。今日はアッシュブロンドの髪を隠すようにキャップを深くかぶり、サングラスもしている。ひと目では『コウ』とばれないだろう。

「ヨシオ　タケウチ」の店舗をそっとのぞくと、ちょうどコウが接客しているところだった。

客は三十代前半の男で、涼も知らない顔だ。きっと初めて「ヨシオ　タケウチ」を訪れたのだろう。

つきっきりで対応するコウは客の足元にひざまずき、スラックスの丈を調整している。

「いかがでしょう。このセンタープレスのスラックスならお客様の足の長さを引き立てます」

「んー……いいことはいいんだけど、ちょっと色が地味な気がするんだよなぁ」

「先ほどのネイビーのスーツもお似合いになってましたね。あちらでしたら、オンオフ問わずに着ていただける特別な一着になるかと思います」

「でも、値段がなー……」

どうやら客は二着のスーツのうちどちらにするかで迷っているようだ。

コウのことだ。強引にも「これがとてもお似合いですよ」と勧めるかと思ったが、一歩下がったところで客の背後から鏡をのぞき込み、一緒になって考えているふうだ。

石住《いしずみ》のアドバイスを真面目に受け取ったのだろう。

「おっしゃるとおり、先にご試着いただいたスーツは少々値が張りますが、そのぶん、長くご愛用いただけるかと。型崩れしにくいですし、なによりお客様の肌の色に合っておりました。

とくに肩のラインが決まっていたかと」

「うーん……」

客はネイビーとグレイのジャケットを着たり脱いだりしている。だいぶ長いこと接客しているようで、コウの横顔にはうっすらとした疲れが見えたが、よく耐え忍んでいる。

「そうだな、こっちのネイビーのほうが俺に合ってるような……」

「ありがたいお言葉です」

「彼女にプロポーズするためのスーツなんだよね。だから、より特別な一着が欲しいんだ。なんて言えばいいかな。彼女にとってナンバーワンより、オンリーワンな俺でありたいって感じ。ちょっとくさいけど」

「は……」

コウが目を瞠《みは》っている。柱の陰から様子を窺《うかが》っていた涼も息を呑《の》んで耳をそばだてていた。

ナンバーワンより、オンリーワン。

それはきっと、ホストとしてのコウが求めるものとは真逆のものだろう。

誰かの特別になってしまえば、客全員を愛せなくなってしまう。

あまたの女性客を夢見心地にさせ、次々にテーブルを回り、席を暖める暇もない。それでもコウがナンバーワンの座を守れてきたのは、巧みな話術と独特のオーラがあったからだろう。

彼の太客たちはみんな、一度はコウと寝たいと思っているはずだ。しかし、コウは枕営業をしない。自分を安売りすれば、すぐに客が飽きるとわかっているからだ。

「……お客様のおっしゃるとおりですね。ナンバーワンを目指すのは案外簡単ですが、誰かのオンリーワンになるほうがずっと難しい気がします」

「でしょ？　だから、スーツ一着を選ぶのにも気合いが入るんだよね。んー……ネイビーかグレイか……。うん、店員さんの言うとおり、ネイビーにしよう。ネクタイはちょっと気取ってシルバー。どうかな、プロポーズうまく行くと思う？」

「それはもう、お客様ならかならず」

「じゃ、これ買います」

「ありがとうございます」

コウが深々と頭を下げている。

次に顔を上げたときにはその頬がうっすらと紅潮していた。

初めて訪れた客に買ってもらえる喜びはなにものにも代え難い。そのことは涼もよく知っている。

だけど、いまはそれだけじゃない気がする。

会計をしているコウにばれないようにそっとその場を離れる間も、客の言葉が頭の中でリフレインしていた。

ナンバーワンより、オンリーワン。

枕営業をはじめ、手段を選ばなければナンバーワンを獲得するのは結構簡単なものだ。それが一時的なものならなおさら。

けれど、たったひとりのこころを掴《つか》むオンリーワンになるのはこのうえなく難しい。客の男性はプロポーズするのだと言っていた。恋人のこころを一生離さないために、どれだけ努力すればいいのだろう。よい日もあれば、悪い日もある。人生は平坦じゃない。生涯のパートナーに愛を誓い、添い遂げることの大変さが、涼にはまだすこしわからないが、そのきっかけは摑んでいる気がする。

——コウさんがそのことを教えてくれた。

魂が入れ替わり、彼なりに苦労しながら「ヨシオ　タケウチ」にもなんとか馴染《なじ》み、奮闘している。そしてついさっき、大切な一着を客に買ってもらったのだ。

我がことのように嬉《うれ》しい。

どこかでゆっくりしたくて、宝飾品フロアにある静かなカフェに入った。

ホットココアをオーダーし、脇に置いたショッパーをそっと撫《な》でる。これもだいぶ高かったのだが、ホストの『コウ』ならば大枚をはたくのも当然だろう。

ココアとチョコチップクッキーが運ばれてきた。ほのかに甘い味にほっとする。

胸が温かい。

コウがいまどんなことを考えているかわからないが、やっぱり彼が好きだ。

自分の選んだスーツは、ミサキのオンリーワンになるためだろうか。いいや、「J」のナンバーワンであり続けるためだ。

ミサキにとって、コウとトオルを天秤《てんびん》にかけるのは楽しい趣向のひとつなのだろう。金に困っていない有閑マダムの優雅な遊びに過ぎない。

そんなことに男を賭けるのか。

『コウ』としての評判を落とすのか。

甘いココアを飲みながら思い悩むが、賭けに乗ると言ったのは自分だ。

ここで約束を違《たが》えれば、それこそ『コウ』の名誉は地に落ちるだろう。

伸《の》るか反《そ》るか。

大博打だが、一度口にしたことをそう簡単に翻したくない。それに、トオルとの対決もかかっているのだ。ブラックパールの行方も。

いつ魂が戻るかそれこそ神頼みだが、後悔したくない。

『コウ』として生きている間にひとつぐらい大きなことがしたい。

彼の名に傷をつけずに、それでいて『コウ』の地位も保持する。その方法がどんなものなのかまだ摑めないまま、涼は消えゆく湯気を見つめていた。

コウのオンリーワンになりたかった。

8

あらためてＬＩＮＥのメッセージを確かめ、時間を見ると約束の三十分前だ。

あれからコウとはろくに話し合えないまま、ミサキとの約束の日を迎えた。

だから心配になったのだろう。コウからもメッセージが届いていた。


『絶対に枕はするなよ』


釘を刺されれば刺されるほど、奮い立つ。

昨日、百貨店で買ったスーツに身を固め、涼は西新宿にそびえ立つ高級ホテルに足を踏み入れた。ミサキの部屋に行くのはまだ早い。

バーラウンジで一杯やっていこう。

十五時過ぎのラウンジはアフタヌーンティーを楽しむ客でほどよく混雑していた。

バーカウンターに近づき、ミモザカクテルをオーダーする。

黒ベストに蝶ネクタイでぴしりと決めたバーテンダーが品のある仕草でフロートグラスを手元に置いてくれる。

華やかなオレンジとシャンパンをシェイクしたカクテルをひと口呑むと、無性に煙草《たばこ》が吸いたくなる。と言ってもこのご時世だ。ホテル内の決められた区画に行かないと喫煙できないので、代わりにビターチョコレートを追加注文した。

トオルもそろそろやってくる頃だろうか。ミサキはもう部屋にいるだろうか。

このあとの身の処し方を考えると、どうしたってコウのことが頭に浮かんでくる。

この行為はコウを裏切ってしまうのか。

いや、そんなことにはしない。きっと、最後にはコウだって『よくやった』と褒めてくれるはずだ。

だって、一本三千万もするボトルを入れてもらえるかもしれない大チャンスなのだ。トオルはやさしく話しやすい男だったけれど、自分が今年のナンバーワンになれるのならミサキの誘惑ぐらい軽く受け止めるだろう。

それぐらい、自分だってできる。

ここで男になるのだ。

ぐっとカクテルを呑み、チョコレートを嚙《か》み砕く。ほろ苦さをしっかり味わうのが、いまの自分に課せられた役目だ。

綺麗事《きれい》だけでは生きていけない。助けを求めて待つこともしない。

何度もコウと頭をぶつけても、魂は戻らなかったのだ。

だったら、いますべきことはひとつ。

コウという男を上げるのだ。


二十五階の角部屋の前に立ち、チャイムを押す。軽やかな音が二回聞こえたあと、カシャリと扉が開いた。

「コウくん、待ってたわぁ」

艶《あで》やかなワインレッドのワンピースを纏《まと》ったミサキが出迎え、中に招き入れてくれる。セミスイートの部屋を押さえたらしい。広いリビングにはL字型のソファセットとサイドボードがあり、窓は大きなはめ殺しだ。部屋の奥に見える扉の向こうがベッドルームなのだろう。

こういった部屋に入るのは初めてだが、あえてスラックスのポケットに手を突っ込み、「待たせたな」と不敵に笑う。

「ひとりで寂しくなかったか？」

「トオルくんがもう来てるから大丈夫だったわよ」

ミサキがそう言う間にもサニタリールームからトオルが出てきて、軽く頭を下げた。シックなダークブラウンのスーツがやさしそうな面差しによく似合っている。

「お疲れさまです、コウさん」

「よう、おまえのほうが先だったか」

「そわそわしてしまって。遅刻するよりは早めに来たほうがいいかなと」

「なるほどな」

もうすこし早めに来ればよかった。そうしたらミサキにも好印象を与えられたのに。

ミサキはうきうきした顔でソファに座るよううながしてくる。

「なにか呑みましょう。ワインにする？　シャンパンにする？」

「コウさん、なにがいいですか？」

「ミサキが呑みたいものを」

「ほんと？　じゃあ、白ワインにしようかな。ルームサービスを頼むほどじゃないから、ここの冷蔵庫にあるものでいいわよね。美味しそうだし」

「僕が注ぎますよ」

トオルがボトルを受け取り、三人分のグラスに冷えたワインを注いでいく。それをまずミサキの前に置き、次に涼《りょう》の前に置く。

トオルと並んで座った涼はグラスを掲げ、ミサキに微笑《ほほえ》みかけた。

「今日は招いてくれてありがとう」

「ううん、こっちこそ。忙しいナンバーワンとナンバーツーを独り占めしちゃって罰が当たりそう」

「僕こそ、お招きありがとうございます。コウさんと同席させてもらえるなんて光栄です」

さすがナンバーツー、そつがない。

ミサキも早めに来て、たぶんバーラウンジで呑んできたのだろう。ワインをすいすい呑み、頬をほんのり染めている。

L字型ソファの先端に座った彼女は身を乗り出し、色っぽい流し目をくれる。

そして、ふたりの前にひと差し指を立てて、いたずらっぽく左右に振る。

「どーちらにーしよおーかーな、なんちゃって。ね、ね、ふたりはどんなふうに私を口説いてくれるの？」

傲然《ごうぜん》と足を組む涼の隣で、トオルが興味深そうな顔をする。

「ミサキさんは率直に言ってどちらがお好みですか？」

ストレートな言葉に、ミサキが「うーん」と微笑む。堂々とした男ふたりを前にして、ちっとも悪びれていない。首元にはきらりと大きなダイヤモンドが輝いていた。すらりとした綺麗に手入れされた指にはプラチナのシンプルなリングだけというところが、裕福な証だ。人妻は新宿イチのホストふたりを前にして、さも楽しげな表情だ。

「顔はコウくんが好みかな」

ずばりと言い、「でも」と続ける。

「接客はトオルくんのほうが紳士的。あー、でもコウくんの雄っぽい仕草もたまらないのよね」

「褒めてるのか、それ」

「褒めてる褒めてるー」

アルコールが入ったことで、ミサキとトオルの態度がすこしずつ砕けていく。涼ひとりが内心はらはらしていた。

このままふたりまとめてベッドルームに引っ張り込まれたらどうしよう。

「まずはナンバーツーのトオルくんから口説いてもらおっかな」

「おおせのままに。ミサキさんとの奇跡の一夜を過ごせるなんて光栄の極みです。前からお慕い申しておりました。もし僕でよければ、朝まで一緒に過ごしませんか。僕の腕の中で眠るあなたをずっと見ていたい」

なんともスマートでやさしい誘い方だ。

あまりに完璧な口説き文句に見惚《みと》れ、唖然《あぜん》としてしまう。

「うっとりしちゃう……。トオルくんの甘い声で誘われたらなんでも言うこと聞きたくなっちゃうなぁ」

頬杖《ほおづえ》をつくミサキが愛《いと》おしそうに目を細める。

「お褒めにあずかり恐縮です。それで、僕にこころを決めていただけましたか？」

「それはコウくんの口説き文句を聞いてからね。さ、コウくん、わたしをめいっぱい口説いてくれる？」

「は……」

いざとなるとろくな言葉が浮かんでこない。

いままで散々『コウ』としてあまたの女性を懸命に口説いてきたけれど、枕営業を賭けた誘い文句なんか浮かんでこない。

どう振る舞えば『コウ』らしく誘えるだろう。

なにを言えばミサキは満足するだろう。

ワインをひと口啜《すす》り、内心の動揺を隠すために煙草を一本取り出し、くちびるに咥《くわ》える。いつもなら若手ホストがさっとライターの火を向けてくれるところなのだが、今日は違う。

自分ひとりでなにもかもこなさねばいけないのだ。

火を点《つ》けるのも、女性を口説くのも。

煙をゆったりと肺の奥まで吸い込む。ずしりと重たい。

この賭けに勝てばミサキとひと晩ともにすることになる。

そうすればブラックパールを入れてもらえるうえに、今年のナンバーワンになれる。

期待に満ちた目を向けてくるミサキに構わず煙を吐き出す。

『ナンバーワンより、オンリーワン』

ふっとその言葉がこころによみがえる。

客に大切な言葉をもらったあのとき、コウはなんとも嬉しそうな顔をしていた。

彼は色仕掛けなどせず、客のこころを摑んでいた。売れっ子ホストとして、なにも言わずとも女性たちが群がっていた頃とはまったく違い、必死になって「ヨシオ　タケウチ」の商品をアピールしていた。

女性に夢を売る仕事と、男性に服を売る仕事。

違いすぎて優劣はつけられないけれど、コウは泥臭く、自分なりに成功を摑んでいた。

それがいまや、自分はどうだろう。

女性の気持ちひとつしだいでナンバーワンの座を守ろうとしている。

それは、コウがもっとも求めていない成功だ。

ここで自分が力を尽くしたとしてもコウはけっして喜ばないだろう。そして自分もまた、悔いを残すことになる。

こころから好きなのはコウひとりだ。その身体を借りて好き勝手なことをしようとするのは不遜《ふそん》の極みではないだろうか。

ミサキは裕福だが、気さくな女性で好もしい。だが、それ以上の感情は持っていない。そもそも欲情しないのだ。

「コウくーん？」

たっぷりと時間をかけて煙草を吸い終え、灰皿に押し潰《つぶ》す。

コウの願いと、自分の願いを天秤にかける。

彼のためを思ってここまでやってきたが、それはほんとうにコウが喜ぶ結果になるのか。

紫煙を吐き出したところで、腹が決まった。

これが、自分の答えだ。

「――ミサキ、俺はおまえとは寝ない」

「コウくん？」

「コウさん……」

ミサキとトオルが目を丸くしている。

「俺をナンバーワンに押し上げてくれようとしている気持ちは嬉しい。ブラックパールを入れようとしてくれていることも。でも、おまえは大切な客で、俺はホストだ。寝ることじゃなくて、一緒に過ごすだけでもしあわせに思ってもらえるような時間を提供したい。……こういうホテルで過ごすんじゃなくてさ、『J』で楽しく盛り上がってほしいんだよ」

「……コウくん」

「セックスするだけが愛じゃないだろ」

未経験の自分だってそれぐらいはわかる。一時身体を繋《つな》げたって、それで彼女のこころを手に入れられたということにはならない。

「大金を払ってでも寝るっていうんじゃなくて、俺は『J』でミサキをしあわせにしたい。わかってくれ。それが俺の矜持なんだ。俺にとっての最大のサービスは、楽しい時間を店で提供することだ」

「……だったら、トオルくんとひと晩過ごしてブラックパールを入れてもいいの？」

「それはおまえの自由だ」

言い切って立ち上がる。

「コウさん、ほんとうにいいんですか。ミサキさんをいただいても」

「トオルに任せる。おまえがミサキと寝てナンバーワンになるんだったらそれもそれとして受け入れるさ。じゃあな」

「コウさん！」

叫ぶトオルをあとに、部屋を出る。

うしろ髪を引かれる気分だったが、この答えは間違っていないと思いたい。

エレベーターに乗り、フロントに向かう。

そのときだった。

「涼！」

コートの裾《すそ》を乱し、コウがホテルの玄関から駆け寄ってくる。

なぜここに。仕事中ではなかったのか。

「コウさん……！」

誰が見ているかわからないから声をひそめて歩み寄る。そのままフロントの片隅に足を向けると、美しい花が飾られたコーナーに隠れてコウが顔と言わず身体と言わずべたべたと触ってくる。

「なにもされてないか？　なにもしなかったか？」

息せき切ったコウが両頬を手で包み込んでくる。

「してません。コウさん、どうしてここに。仕事は？」

「具合が悪いって言って早退《はやび》けさせてもらった。おまえが本気で枕するんじゃないかって気が気じゃなかったんだ。ミサキは置いてきたのか？」

「トオルさんに任せてきました。……すみません。ナンバーワンの座を守れなくて」

「なんで断ったんだ」

「コウさんの矜持を守りたくて。あなたは絶対に枕をしないと言っていました。それを簡単に僕が破るわけにはいきません。……それに、コウさん以外の誰かに身を任せるのは……嫌で」

「涼……」

苦笑いするコウが軽く肩を叩《たた》いてくる。それからもう一度涼の全身をチェックし、枕営業の痕跡《こんせき》がないかどうか確かめている。

「そこまで俺を想ってくれてるのか……男冥利《みょうり》に尽きるな」

ミサキの残り香もないことを確かめてようやく納得したのだろう。見るからにほっとした顔になる。

「家に帰ろう」

そう言って、涼が肩を抱き寄せてきた。


ふたりそろってマンションに戻り、まずはシャワーを浴びた。

今日、涼はオフだ。万が一ミサキと寝ていたら仕事に出られないので、念のために休みを取っておいたのだ。

熱い湯を浴びている間、よくも無事に戻れたものだと我ながら感心してしまう。

ミサキを振ることになってしまい、ブラックパールはきっとトオルのものになるだろう。あれでよかったのかどうか。

ユキに続いて、ミサキまでも逃した事実を思うと申し訳なくなってくる。

ミサキはコウのとっておきの太客だ。

今日のことで、もう彼女は自分を指名してくれないかもしれない。もしかしたら、店に来なくなる可能性だってある。

──でも。

あのときの判断は間違いではなかったはずだ。

コウへの想い。そしてミサキに簡単に手を出せない想いが複雑に絡み合い、トオルに譲ることになったけれど、ホテルに駆けつけてくれたコウのほっとした顔を思い出すと、自分で出した答えは正解だったはずだ。

あれだけ枕営業をするなと釘を刺してきたのだ。自分のポリシーをねじ曲げることは絶対にしたくなかっただろうし、なんの経験もない涼を案じてもいただろう。

なんの経験もない。そのことを考えると自分でもちょっと可笑《おか》しくなる。

コウとキスするのだって精一杯だったのに、経験豊富そうなミサキを満足させるのなんかとても無理だ。

もしも彼女とそんな関係になったとしても、きっと終始もたもたして、ミサキをがっかりさせていたに違いない。そこのところ、トオルはそつなくこなしそうだ。彼が首尾よくミサキを手に入れたかどうかも気にかかるが、いまはまず、自分とコウを優先したい。

全身すっきりしたところで外に出て、バスローブを羽織る。ふわふわした感触のそれを身に着ける習慣は、コウと暮らし始めて覚えたものだ。

「次は俺の番」

ワイシャツ姿のコウにサニタリールームを譲り、涼はキッチンの冷蔵庫から炭酸水を取り出す。キャップをひねって弾《はじ》ける泡を楽しみながら窓際に近づくと、ひと雨来そうな雲行きだ。

冬の夕暮れは早い。

高層ビルの向こうは真っ暗で、みるみるうちにぽつぽつとちいさなしずくが斜めに視界を横切っていく。

しんと静かな部屋。遠くにコウがシャワーを浴びる音だけが聞こえる。

猫のクロが近づいてきて、静かに身を擦り寄せてくる。

なにげないことだったが、ことのほか嬉しかった。

コウと同じ部屋で暮らすうちに、クロもこころを許してくれたのだ。

怖がらせないように腰をかがめ、丸っこい頭を撫でると、クロはもっともっととでも言うように押し付けてくる。

テレビを点けようかと思ったが、なんとなくクロとこの静けさの中にいるのもいい気がして、そのまま窓辺に立ち尽くす。

「あー、気持ちよかった」

降り出す雨に見入っているうちに、おそろいのバスローブに身を包んだコウがリビングに現れる。

「おまえ、なに飲んでんの。炭酸水？　じゃあ俺もそれにするか」

買い置きしているお気に入りブランドの炭酸水を持ったコウが隣に並び、喉《のど》を反らす。そして深く息を吐いた。クロはふたりの間を行ったり来たりしたあと、部屋の片隅に置かれた猫用ベッドに向かって歩んでいく。

「……早退してよかったよ。おまえがミサキとどうかなってんじゃないかって考えたら本気で一瞬熱が出た。店長の石住《いしずみ》さんが『顔赤いぞ、早退しろ』って言ってくれたんだよ」

「さすが石住さん。気が利くひとなんですよね」

「そうだな」

ミサキと会っていたホテルは前もってコウにも伝えてあったから、迷わずに来られたのだろう。必死な顔で駆け寄ってきたコウを思い出すと、嬉しさがじわりと滲《にじ》む。

いまはもう、神様のいたずらでもなんでもいい。

惚《ほ》れてしまったほうが負けだ。

頭半分ほど低い『自分』の横顔を見つめ、「心配、してくれたんですか」と呟《つぶや》く。

「するだろ、当たり前だ」

「僕はろくな経験がないので、実際そうなってたとしてもミサキさんを楽しませられたかどうか本気で謎《なぞ》ですけど」

「そういうところ、天然だよなあおまえ……。なんの経験もなくて枕に挑むなっつうの」

「初物を喜ぶひともいるかと」

「ばーか」

くくっと肩を揺らすコウは可笑しそうだ。気を悪くしているわけではないようで安心した。

それからソファに並んで座り、深く背を預ける。軽く触れ合った肩はそのまま。

「なんだかなー……おまえと出会ってからこっち、情緒がめちゃくちゃだ」

「僕もです。毎日はらはらしっぱなしです」

「俺ほどじゃないだろ」

「なんでそう言えるんです？　僕はコウさんの代わりが務まるかどうか、本気で毎日不安なんですよ。今日のことでナンバーツーになってしまうのは間違いないんだし。ほんとうに……すみません。ごめんなさい」

「謝るな。おまえが間違った答えを選ばなくて嬉しい」

「……この状態、いつまで続くんだろ」

「不安か？」

コウが下からのぞき込んできて、その楽しげな瞳にどきりとする。

「俺は案外馴染んできた。『涼』として服を売るのも楽しいし、石住や橋本《はしもと》たちともうまくやれるようになってきた。立ちっぱなしってのがいまだにきついけど、客と一緒にお気に入りの一枚を探すって思ってたよりずっと楽しいよな」

「ですよね。僕もそう思います。ＳＮＳやファッション雑誌で見かけたシャツやニットを店頭で実際に見るときって、いまだにどきどきしますもん。想像していたのよりずっといい素材だったり、プリントが綺麗だったりするとテンションが上がりますし。試着するのも楽しいです。肩回りが合うかどうか、袖丈《そでたけ》はちょうどいいかなんてことも細かくチェックしたり」

服のこととなると、途端に饒舌《じょうぜつ》になってしまう。

こころから好きだからだ。

「『ヨシオ　タケウチ』以外にも好きなブランドがあるのか」

「あります。みっつほど。仕事が仕事なので、自社ブランドを着ることがほとんどですけど、オフの日はライバルブランドを着たりしますよ」

「ふうん」

楽しげに相づちを打つコウが両手の間で炭酸水の入ったペットボトルを揺らす。

「おまえ、ほんと、服が好きなんだな」

「大好きです。売るのも、着るのも、どっちも」

「なんでそんなに服が好きなんだ？　俺は自分をよりよく見せたいからだ」

「僕も同じような感じです。服って、たった一枚で気分が変わるじゃないですか。気持ちが引き締まったり、楽になったり。だからパジャマにもこだわりますよ。夏はオーガニックコットン、冬はフランネル」

「シルクもいいよな」

「いいですね。肌にしっとり馴染む感じがまたいいんですよね」

思わず食いつくと、ふはっとコウが吹き出した。

「ほんと、服のこととなったら止まらないって感じ、好きだぜ」

「ありがとうございます」

「褒めてるわけじゃねえって」

「え？」

思わせぶりな声音が気になって振り向けば、意外にも真剣なまなざしとぶつかった。

その強い輝きにたじろぎ、あとずさろうとすると、手を摑まれた。強く。

「コウ、さん」

「俺はおまえが考えている以上におまえを買ってるんだぜ、涼」

「どういう意味で……ですか」

「まず根性がある。早々にホストなんて辞めてやると泣きつくかと思ってたら、案外やるじゃねえか。ナンバーツーになるのだって大変なんだ。それに、枕営業をしなかったのは偉かった。ありがとうな」

「……そんなに？」

ひと差し指がきゅっと握られる。

「そんなにだよ。俺はホストになったときから絶対に枕だけはしないと決めてた。同伴もアフターもするが、絶対に客とだけは寝ないって決めてた。そのポリシーを曲げずにナンバーツーになれるならこれ以上嬉しいことはない。サンキュな。感謝してる」

「そんな……お礼を言われるほどのことじゃないですよ。僕に勇気がなかっただけの話かもしれないし」

「使う必要のない勇気だってこの世の中にはあるんだよ」

そう言って笑うコウがいままで以上に眩《まぶ》しく見えて、思わず目をそらす。だけど、それを彼が許してくれなかった。両頬を手で包み込まれ、ぐっと視線が絡み付く。

「ここまで来てよそ見をするな。俺の言いたいことがわかるだろ」

「——わかり、ません。なんですか？」

正直に明かすと、コウが大げさにため息をつく。

「変なところで鈍いなおまえ。もう、二回もキスしたのに」

「しましたけど、……したけど、あれって単なる冗談ですよね」

自分の恋ごころを見透かされたくなくて、ついつまらないことを口走ってしまう。ここで、「そうだよ、冗談に決まってるだろ」と言ってもらえたら、いままでどおり一緒にいられる。

離れたくない。そばにいたい。

魂が元に戻らなくても、このままコウと一緒にいたい。

「冗談でしょう、コウさん……？」

「……ッ」

目尻を吊り上げたコウが肩を摑み、勢いに任せてのしかかってくる。

あ、と思ったときにはソファに組み敷かれていた。

身体の重みが新鮮で、息を呑む。

この先なにが起こるのかわからずに思わず強く瞼《まぶた》を閉じると、温かい気配が近づいてくる。

しかし、その先には進まず、コウはじっとしている。

髪をぐしゃぐしゃとかき回してきて、頰を擦りつけてくる。コウの息が浅い。

「……コウ、さん……」

掠《かす》れた声に、コウががばっと起き上がった。

「このままじゃ先に進めない。思い出すんだ」

「な、……なにを？」

「あの日、あの夜、俺とおまえが入れ替わったときのことをすべて。雨が降ってる夜だった。お互いにスーツを着てた。それ以外になにがあった？」

「え？　え、っと、僕は『J』で呑んだ帰りですこし酔ってて――」

「そんなのお互い様だろ。他にもなにかあるはずだ。おまえと俺が忘れてること。なにかあるはずなんだ、絶対に」

身を起こしたコウが腕を組み、うろうろとリビング中を歩き回る。

その姿は自分であって、自分じゃない。

『自分』の姿をしたコウが苛立《いらだ》たしげに舌を打ち、リビングを出ていく。そして再度戻ってきたと思ったら、スーツ姿だった。

あの晩、涼が着ていたスーツだ。

「おまえも着替えろ」

「は、はい」

急《せ》かされるまま私室に飛び込み、コウの指示のもとあの夜の服装を再現する。互いにサニタリールームでヘアセットし、見つめ合った。

「……これだけじゃない、なにかが足りない」

嘆息するコウがあちこち見渡す。涼の髪をかき上げたり、直したりするうちにワックスで手がべたべたになり、湯で洗う。そしてうんざりした顔で腰に手を当て、ふんぞり返る。

「なにが足りないんだと思う？　服も腕時計もおまえのものだ。おまえの服装もあの日の俺のものだ。これ以上になにが足りない？」

問われたものの、すぐには答えが出ない。

視線をさまよわせ、ふといくつかのボトルに目が吸い寄せられた。

記憶の固いねじがゆるんで、時をあの夜へと巻き戻す。

「……あの夜、コウさんから……甘い香りがしてた……」

「香り？」

「そう、花の香りです。可愛らしい感じの」

コウがはっと目を瞠る。そして、大きな鏡の脇の扉を開け、ボトルをごっそりと取り出す。

すべて男性用のパヒュームだ。

「いつもメインで使ってた香りはこれなんだけど……違うよな」

四角いボトルを鼻先につきつけられ、首を横に振る。スパイシーな香りには覚えがない。

「どれだ？　あの夜俺はどの香りを使ってた？」

ごそごそと探るコウの手元をのぞき込み、ひとつだけ、ほとんど減っていない可愛らしいボトルに目を留めて取り上げた。

「これ、可愛いですね。なんだかあなたらしくない」

四角い手のひらサイズのボトルにはゴールドのリボンが飾られている。

「ああ、それは確か……あの日、客にもらったんだ。と言っても転勤で九州に越しちまった女だけどな。お別れのプレゼントにって……おい待て、それ嗅がせろ」

素直にボトルを渡すとコウが蓋《ふた》を外し、香りを確かめて手首の内側に叩き込む。

爽《さわ》やかなトップノートがどことなく懐かしい。

可憐《かれん》なすみれの香りに吸い寄せられるように近づくと、コウが確信を込めた目で頷き、「出かけるぞ」と手首を摑んできた。

外は雨。

そわそわした様子のコウと新宿三丁目近くのイタリアンレストランで夕食を取り、その後二軒ちいさなスナックをはしごし、時間潰しのためにカラオケボックスに行って互いに曲を入れた。涼はあまり歌うのが得意ではないので、主に聞き役に回った。コウの低く甘い歌声に酔いしれる女性は多いだろう。

しっとりしたラブソングを歌い終わったコウに大きな拍手を送り、ビールを呑み干したところで店を出た。

もう真っ暗だ。

コウは自信ある足取りで「J」に向かっていく。店はもう営業を終了していた。

あの夜を思い出させるような強い雨足だ。互いに傘を差しているが、スラックスの裾がすぐにびしょ濡《ぬ》れになっていく。

店の横の路地に入り、青いポリバケツの前に立つ。

灯りが届かない場所では互いの輪郭もおぼろげだ。

どさっとコウが鞄《かばん》を落とした。ついでに傘も転がっていく。

「涼」

近づいてくるコウからやわらかなミドルノートが香ったとき、くらりと酩酊感《めいていかん》に襲われた。

頭がくらくらしてまともに立っていられない。両手首を摑んでくるコウにすがるように身をもたせかけると、「行くぞ」と強い声が鼓膜に染み込む。

次の瞬間、目から盛大な火花が散った。

ごつっと頭蓋骨《ずがいこつ》が揺れ、ずきずきするような痛みに襲われて呻《うめ》きながら濡れる路上に倒れ込んだ。

渾身《こんしん》の力を込めてコウが額をぶつけてきたのだと悟ったときには、意識がするりと遠のいていく。

「涼、涼……大丈夫か？　おい、涼！」

がくがくと肩を揺さぶられ、頭を締め付けるような痛みを堪えながら瞼を開いた。全身ずぶ濡れで、遅まきながら寒さが忍び寄ってくる。

「コウ……さん」

しゃがれた声を発するなり、なにもかもが信じられなくて、自分の喉をぎゅっと強く押さえた。

この声、この喉の奥から搾《しぼ》り出す声。胸いっぱいに息を吸い込み、吐き出すことを何度も繰り返す。

どくどくと脈打つ心臓も、肺も、この手も、この足も。

自分。

「コウ、さん――コウさん、僕」

表通りを車が通り過ぎていき、ヘッドライトが薄い灯りを投げかけていく。大きなシルエットが眼前に立ちふさがる。

「涼」

髪の先からぽたぽたとしずくを垂らすコウがそこにいた。大きな手を差し出している。

「……コウ、さん……」

「ああ」

この声は、自分のものだ。次いで身体を見下ろし、あちこち探る。

懐かしい感触、懐かしい骨組み。

自分だ、自分だ。

じっと手のひらを見つめる。他人のもののように思えるけれど、やっぱり自分だ。

「――戻れ、……た……？」

「ああ、戻った」

やさしいすみれの香りを漂わせるコウが手を貸してくれ、よろけながら立ち上がった。

「はは、お互いにずぶ濡れだな」

これ以上ない男前で、歌舞伎町ナンバーワンホストのコウが笑っている。

「戻った！　戻れた！」

喜びが身体中から爆発する。

あまりの嬉しさにコウに抱きつけば、彼もぎゅっと抱き締めてきて、ふたりぐるぐる回る。飛び跳ねることもした。

土砂降りの雨なんか気にならない。ずっと抱き締めたかったコウの首にしがみつき、歓喜の声を上げる。

「ほんとうに戻れた！」

「やったな！　今度こそおまえはおまえで、俺は俺だ」

コウが上気した顔で涼を抱き直し、じっと顔をのぞき込んでくる。

「嘘《うそ》みたいだけど、ほんとうなんですね」

「ほんとうだ」

けぶる雨の中、ふたり額を擦り合わせて笑う。

「戻れたんだ……」

「ああ、戻れたな。この香りがきっかけだったんだ」

雨の夜と、細い路地に、すみれの香り。

このみっつがそろわなかったから、いままで何度頭をぶつけても元に戻れなかったのだ。

「引っ越したあの客、いま思えばいい女だったな。地味だけどまめに通ってくれてさ、無理ない範囲でボトルを入れてくれてた。太客までいかなかったけど……いい女だったよ。この香りにあの女の想いが込められてたのかもな」

「そうですね。高いボトルを入れなくても、お客さんとして来てくれる以上、皆さんどの方も素敵です。僕、あなたに入れ替わってた間、そんなお客さんにたくさん会いました」

「……そういうの、俺忘れてたな。ナンバーワンにしがみつくために太客ばかり大事にしてた」

「でも僕と初めて会った夜は、僕たちを温かく出迎えてくれたじゃないですか」

「暇だったんだよ」

いたずらっぽく笑うコウが、「あーびしょびしょだ」と身体を見下ろす。

「タクシー乗せてもらえっかな。とにかくこのままじゃ風邪を引く。家に帰って熱い風呂に入ろう。話はそれからだ」

「賛成です」

こころの底から微笑んだ。

9

マンションに戻るなりバスルームに駆け込み、交互にバスタブに浸かった。先に涼《りょう》だ。

冷えていた手先や足先までしっかり温まり、髪も根元まで洗う。

約二か月ぶりの自分の身体をしみじみ眺めて触り、大きく息を吐いた。

離れていたのはたった二か月でしかない。だけど、二年ぐらい経《た》っていたんじゃないかと思うぐらい懐かしい身体だ。

「この身体……」

魂が入れ替わる前はそんなに隅々まで見ていたわけではないけれど、やっぱりこうして元に戻れば皮膚の張り詰め方も骨組みも、すべて自分のものだ。

なによりしっくりはまる容れ物。

すこし大きめのジャケットを羽織っていたような『コウ』の頃とは違う。

思う存分熱い湯に浸かり、のぼせそうになったところで外に出る。

サニタリールームには洗い立てのパジャマと新品の下着が置かれていた。フランネルのパジャマに袖をとおすと、肌にぴったりと馴染む。

以前のコウが『涼』として着ていたパジャマだ。

気に入っているブランドのパジャマで、三シーズン前に購入した。洗えば洗うほどほのかに毛羽立ち、肌をやさしく、温かく包んでくれるお気に入りの一枚だ。

些細《ささい》なことを嬉しく感じ、ドライヤーで髪を乾かす。

「お風呂、上がりました」

「お、じゃあ今度は俺な」

濡れた衣服からバスローブに着替えていたコウがリビングのソファから立ち上がった。

通りすがりにキッチンの冷蔵庫から冷えた缶ビールを取り出し、手渡してくれる。

「呑んで待ってろ」

「はい」

雨の匂《にお》いを纏わり付かせたコウがひらひらと手を振ってバスルームに消えていった。

ソファにどさりと腰を下ろし、深夜のテレビをぼうっと眺めながらビールを口に運ぶ。軽い苦みは酔えるようでいて、神経を昂《たか》ぶらせる。

テレビをザッピングし、懐かしい洋画が流れているチャンネルで止めた。

字幕が頭に入ってこない。耳に届くのはかすかなシャワーの音。

ほっとする空間だ。コウとふたりきり。

ビールが半分以下になったところで、「ふあー」と頭をタオルで拭《ふ》きながらコウがリビングに入ってきた。あらためて見れば見るほどいい男だ。手足が長く、高級なスーツが映えるようにしっかりと鍛えている。『コウ』として生きていた頃、とりわけ好きだったのはその骨張った大きな手だ。

「やっぱ、自分の身体は最高だよなぁ。手や足をじっくり見て隅々まで洗っちまった」

「ですね。僕もです。着慣れた大好きなパジャマをクローゼットの奥に見つけた気分」

「わかるわかる」

屈託なく笑うコウは、「シャンパンを呑もう」と冷蔵庫の扉を開けた。

「元どおり記念だ」

グラスに弾けるシャンパンを注ぎ、ひとつを手渡してきた。隣に腰掛けたコウと美しいグラスの縁を触れ合わせ、くっと呑み干す。

「……ふは。美味しい」

「だろ？　とっておきの一本だ」

微笑みあい、ふと沈黙に落ちる。

でも、居心地は悪くない。

安心できる静けさだ。

どちらからともなく肩を触れ合わせてテレビに見入る。

「……なんだかずっと長い夢を見てたみたいだったな」

「ほんとうに……まだふわふわしてる感じ」

「もっと呑め呑め。今日みたいな日は二度と来ない。明日の二日酔いも楽しもうぜ。ほんとうの自分として」

「ですね」

もう一杯シャンパンを注いでもらい、今度はゆっくり味わう。

軽やかな味だが、アルコール度数は高そうだ。

「やっぱり美味しい。ほんとうの僕としてこんな高そうなシャンパンを呑めるなんて不思議です。コウさんだった頃は、なに呑んでも潰れなかったな」

「鍛えてっからな」

可笑しそうに言ってコウが肩をぶつけてくる。

頰がほんのり熱い。無意識に彼の肩に頭を押し付ければ、肩を抱き寄せられた。

くしゃくしゃと髪をかき回され、甘えたくなってしまう。

『コウ』として、二度キスをした。

あれはたぶん冗談だった。場の勢いだ。

だけど今夜は元どおり記念にシャンパンも呑んで、妙なスイッチが入りそうだ。

「……コウさん」

「なんだ」

「コウさん」

「うん」

甘えた声が自分でも恥ずかしい。だけど、離れたくない。

そっと手を目の前にかざすと、コウも同じようにする。同じ男の手なのにまったく違う。涼のほうが指がすらりと長く、コウはがっしりしている。

自分の手、コウの手。ついさっきまでいた、もうひとりの『自分』。

生きている間にあんな目に遭うとは夢にも思っていなかった。

手が重なる。コウのほうから指を絡め合わせてきた。

ひと差し指をつつき、中指、薬指、小指と絡めていって、最後にはしっかりと握る。

ついさっきまで——数時間前まで自分の身体が、いまでは他人として体温を伝えてくれた。

コウは生きている。自分とは違うひとりの人間として。そのことが嬉しい。

とても嬉しかった。

「やっとほんとうの身体に戻れたな。だから、おまえに言いたいことがある」

「……はい？」

マンションを出ていけとか、もう関わるなとか。そう言いたいのだろうか。

にわかに緊張してきて顔を引き締めると、すくい上げるようにのぞき込まれた。危ういほどに顔が近づき、目の奥まで。

その瞳の力強さに思わず息を止めた。

「おまえが好きだ」

「……は？」

「おまえが、好きなんだ。もうずっと前から。すこしも気づいてくれてなかったのか？」

二度もキスして。

そう囁《ささや》き、コウがくちびるの縁を親指の腹でそっとなぞってくる。

「そりゃ最初はただの男だと思ってたよ。客のひとりなんだってな。でも、神様のいたずらで魂が入れ替わって、おまえとして一緒に生きていくうちに、その真面目さやけなげさにやられちまった。涼は俺が好きか？　嫌いか？　ちっともその気になれないか？」

「――好きです！」

反射的に叫んでしまい、かあっと頬が熱くなる。

恥ずかしくて彼の手から逃れようとすると逆に強く引き寄せられて、頬にやさしくくちびるが触れた。

こころが甘く震えた。そのキスが冗談だとはとても思えなかったから。

だから、素直になりたかった。

「……好き……です。コウさんのこと……同じ男でもこんなに違うんだと思いました。あなたとして振る舞っている間、どうすれば強く格好よく見てもらえるか、仕草のひとつひとつが気になって仕方なかった。どうすれば『コウ』さんとして好きになってもらえるか研究して、最初は見よう見まねだったけど、たまに自分の地が出ちゃったりして、お客さんには怪しまれたんじゃないかなと思うけど……コウさん、僕として生きてる間もやっぱり格好よくて……洋服をちゃんと真剣に売ってる場面、見ました」

「見に来てたのか」

「こっそり。すみません。以前の僕とは違うアプローチで、コウさんはコウさんなりに頑張ってた。あなたはどんな場面でも、自分を見失わない。強いですよね」

「惚れたか？」

「……すごく」

「同じ男でも？」

「わかってますけど……好きになりました」

「俺なんかもっと好きだ。本来の俺よりもずっと紳士で、可愛げのある『コウ』として生きてくれた。枕営業しなかっただろ？　あれがめちゃくちゃ嬉しくてさ。心配だったけど、おまえがおまえの意思で挑発に乗らなかったところに最高に惚れた。――好きなんだよ、涼」

「……はい」

視線が絡み合う。吐息が近づく。

互いに顔を傾け、くちびるを静かに重ね合わせた。

じわりと伝わってくる熱が嬉しくて、どこかもどかしい。

もっとはっきりしたものが欲しい。もっと強い感情が欲しい。

それはコウも同じだったのだろう。

その瞳が情欲をかすかに浮かべているのを感じ取って身体をほんのり熱くさせると、コウがぐっと肩を抱き寄せてきた。そして耳元で甘く囁く。

「抱きたい」


「……っん……ふ……」

灯りを落としたベッドルームで抱き寄せられ、続けざまにくちづけられた。

腰をぐっと力強く抱かれ、逞《たくま》しい胸に両手をあててすこし背伸びをする。埋められない身長差は、急《せ》き立てる想いのようだ。

くちびるの表面を擦り合わせていると次第に熱を帯びてきて、苦しくなる。

は、とくちびるを開くとねろりと舌が挿《はい》り込んできた。

じゅるりと最初から強く吸い上げられ、ぞくりと甘美な快感が腰裏に走る。くちゅくちゅと舐《ねぶ》られ、かき混ぜられ、音を立てて吸われる。

あまりに刺激的なキスに頭がくらくらしてきた。

これまでに二度受けたキスは友情以上恋愛未満のようなもので、ここまで強く酔わせるものではなかった。

素直に気持ちいい。

巧みなキスに振り回されて身体をもたせかけると、そのまま体重をかけてベッドに組み敷かれた。

重なった胸からとくとくと速い脈が伝わってくる。自分もそっくりそのまま、コウに興奮が知られているだろう。

すこし苦しくて恥ずかしいけれど、とうとうここまで来たのだ。

逃げたくない。

男同士のセックスはおろか、性体験はゼロだ。なにをどうすればコウが喜んでくれるかわからないから、喉奥でくぐもった声を漏らす。

とろりと伝わってくる唾液が温かくて甘い。もっと欲しくて喉を鳴らす。

「可愛いな、涼。全部可愛い」

キスの合間に囁くコウがパジャマのボタンをひとつずつ外していった。

空気に触れた素肌が妖《あや》しくざわめく。暖房を点けているから寒くはない。コウが辿《たど》っていく先から熱くなっていき、しっとりと汗ばんでいくのが羞恥心《しゅうちしん》を煽《あお》る。

「あ……」

こんなとき、どう振る舞ったらいいのだろう。正直に声を出してもいいのだろうか。だけどお互いに男だ。同性の掠れ声など聞かされても幻滅するんじゃないかと思うと堪えたくなるが、それを知っているかのようにコウは胸の尖《とが》りをかりかりと引っかき、まぁるく捏《こ》ねる。

「くす、ぐった、い……」

「それだけじゃない。男でもここを念入りに愛撫《あいぶ》すればたまらなく気持ちよくなる」

「で、も……っぁ……あ、ぁ……」

乳首をくりくりと揉《も》み込まれ、びりっと甘痒《あまがゆ》い刺激が走り抜けた。そんなところ、触られても感じるはずがないのに。さっき風呂で身体を洗ったとき、当たり前のように胸や下肢を探った。そのときだってべつにこれといって反応はしなかった。

しかし、もしかしたら——という特別な感覚があったかもしれない。

今夜、コウと結ばれるんじゃないかという予感があった。かすかに。それが現実になろうとしているいま、頭の中はコウのことでいっぱいで、なにをされるかそわそわして落ち着かない。

置きどころのない手でコウの髪を摑み、軽く引っ張る。それが合図になったかのように、乳首を口に含まれ、くちゅくちゅとしゃぶり転がされた。その鮮烈な快感に耐えられず、思わず呻いた。

「や――あ、あっ、あ……！　だめ、だめで、す、コウさん……っ」

「だめじゃない。おまえの全部が欲しい」

「で、も……っあ、舐《な》め、るのは……」

「指で擦られるのと舐めるのと、どっちがいい？」

「ん、ん」

「言わないとやめるぞ」

するりと手が下肢に伸び、半勃《はんだ》ちしている性器に触れる。そこを触られながら胸の尖りをちゅくりと吸い上げられるとたまらなくせつない。

快感が全身を覆い尽くし、コウの手中に落ちる。

「ほら、どっちだ」

肉茎をやわやわと揉まれ、扱《しご》かれ、乳首をきりっと噛まれる。身体がびくんと跳ねた。

「ふぅん……噛まれるのがいいみたいだな」

言うなり乳首の根元を強めに食《は》まれて、鮮やかな快感にのけぞった。身体中のそこらで火花が散っているみたいだ。

「んーっ……ん、んぁ、あっ、あっ、う」

「感度抜群の身体だな涼。最高に好みだ」

ちゅうちゅうと強めに乳首を吸われながら肉茎の根元から扱き上げられ、育てられていく。

初めての体験なのに、コウが上手なせいか。身体はひとつひとつのちいさな刺激すら丁寧に拾い、身体を――意識を覆い尽くす。快楽という名の靄《もや》で。

「……い、……いい……」

「そうか。俺の愛撫がいいんだな、可愛い」

可愛いと繰り返し言われるたびにぞくぞくし、こころが震える。

骨張った身体のどこを触ってもやわらかくない。可愛いはずがないと思うのに、そう言ってもらえると嬉しくて、はしたなくなりそうだ。

「こっちもとろとろになってるぞ」

「や、っだ……言わない、で、くださ、い」

「言うだろ、可愛いんだから。うぶな身体なのにちゃんと感じていやらしい、ほら、ここ、先っぽを弄《いじ》るとぬるぬるしたものがあふれてくる。ああもう、ぐっしょりだ。完勃ちだな、涼」

言われたとおり、大きな手にくるまれた涼の肉竿は臍《へそ》につくほど反り返り、敏感な裏筋を晒《さら》していた。

そこを爪でこりこりと掻《か》かれ、気持ちよすぎてどうにかなりそうだ。

「初めてだろ、おまえ」

「は、い……」

「だったら無理はさせたくないが……いままで俺も堪えてたんだ。加減できなかったら悪い」

そう言ったコウは膝立ちになり、バスローブの前を開く。

雄々しくそそり勃ったものを突きつけられ、息を呑んだ。

自分のものよりずっと大きく、逞しい。でこぼこと太く浮き立つ筋がひどく淫猥だ。

「あの、これ……」

「ん？」

「……もしかして、これ……僕に……挿れる、んですか」

「そうだ」

言い切られて返す言葉もない。

「触ってみるか？」

手首を摑まれ、導かれた。

おそるおそる雄芯《ゆうしん》に触れると、火傷《やけど》するほど熱い。先端からあふれ出すしずくが淫らで、指を動かすたびにぬちゃぬちゃと音を立てる。

「嘘だ、こんなの……絶対挿らない……」

手を引っ込めようとするとぐっと押さえ込まれ、肉棒を握り締めるよううながされた。

「大丈夫だ。ちゃんとローションで濡らすから」

「ん……うん」

こくりと頷く。

コウだったらひどい目に遭わせたりしない。俺様なナンバーワンホストだが、ひとにはやさしい。懐も深い。

濡れた指を無意識に咥え、舐めしゃぶった。しょっぱい味に虜《とりこ》になりそうだ。

「あまり煽《あお》るなよ、くそ……」

唸《うな》るように言うコウが自分のものを根元から扱く。そうするとより太く見事な雄となる。

「まずはおまえの準備が先だ」

「わ……うわ……っ」

太腿《ふともも》にぐっと親指が食い込んだと思ったら、くるりと身体をひっくり返され、四《よ》つん這《ば》いの姿勢を取らされた。ふかふかした枕に顔を埋めた涼は火照《ほて》る頬を擦りつける。

「腰を上げてみろ。そう、もっと高く」

「……う……！」

尻の狭間《はざま》をすうっと指先で撫でられる感触に、ぞくりと背骨がたわむ。

いいとか、怖いとか、もう気持ちがぐちゃぐちゃだ。

ツツツと落ちた指が窄《すぼ》まりをつつく。そこに温かいしずくがとろーっと垂らされた。ローションだろう。刺激剤が入っているようだ。かすかに弾ける感触とともに、ぬちゃりと指が這い回り、涼を呻かせる。

長い指は窄まりから陰嚢《いんのう》へと辿り、そこを軽く、やさしく揉み込む。途端に射精感が極まり、声が裏返った。

「だ、め……やだぁ、あっ、あぁっ……！」

「イきそうか？」

「んっ、んっぁ、やだ、いやだ、……出そう、だから……」

「一度出しておけ。そのほうが楽だ」

「んん……！」

一層ずるい手つきで肉竿《にくざお》をくすぐられて、くびれ部分をぎゅっと握り締められる。そのまま亀頭に向かってずるりと擦り上げられ、我慢できずにびゅくりと放った。

シーツにぱたぱたと白濁が散っていく。

「あ、あ……っあ、……ん……あぁ……」

「たくさん出したな、いい子だ」

興奮冷めやらぬ涼の窄まりにまたローションが足される。いやらしいぬめりにぞくぞくしているうちに、つぷりと指が挿ってきた。

「ん……！」

圧迫感に声が漏れる。

静かに挿った指はぐるりと中をかき回し、次第にいやらしい動きに変わっていく。

ローションを纏っているせいで指先はなめらかだ。しだいに奥へ奥へと届いてくる指が上向きに擦り始める。

そこがどうにもむずむずして腰が勝手に揺れてしまう。

「っん、あ、そこ……っそこ、やぁ、へんに、なっちゃ……っ」

「なっていい。俺がそうしてるんだ」

「んー……っ」

もったりと重たいしこりを指で挟み込まれてきゅっきゅっと揉まれると、射精感とはまた違うこころよさがこみ上げてくる。

初めてなのに、こんなに感じていいのだろうか。

みっともないと己を恥じながら涙ぐむ。

「泣くほどいいか？」

「ちが……っ」

「わかってる」

やさしく笑うコウが背中から覆い被《かぶ》さってきて、いやらしく指を出し挿れする。ぎちぎちに狭い肉洞はコウの指を締め付け、ずるりと引き抜かれるとはしたなく引き留める。

「あ——あ、っ」

甘い疼《うず》きで昂ぶり、無意識に尻を振った。それがたまらない媚態《びたい》に映ったのだろう。

ひたりと熱い剛直が窄まりに押し当てられる。

「挿れるぞ」

「……ん……っ」

「しっかり息を吸い込んで吐け。全身の力を抜くんだ」

「う、うまく、できな——……ッあ、あ、ああ……っ！」

ずくりと挿ってくる大きな楔《くさび》に息が一瞬止まる。

自分の中に、コウがいる。

「息を吐け」

「ん、ん、っ」

呼吸が乱れるけれども、必死に息を吸い込み、深く吐く。そのたびにずくずくと穿《うが》たれ、狭い窄まりを雄芯が犯していく。

時間をかけてぎっちりとはめ込んだコウがうなじに噛みついてきて、「……全部」と呟く。

「全部、挿った。わかるか？　ここまで挿ってるの」

臍のあたりを指でとんとんとつつかれ、必死に頷く。

あまりの大きさに脳内まで犯された気分だ。

形と熱が馴染むまで、コウはじっとしている。

じゅわりと奥から蜜が滲み出すような錯覚に襲われた。

「いいな、おまえの中……めちゃくちゃ締め付けてきて気持ちいい……」

「……ほんと、に……？」

「ああ。いままで抱いた奴は全部俺の中から消えた。おまえだけだ。……たまんねぇな」

息を荒らげるコウが舌舐めずりしてゆっくり動き出す。

「あ――……！」

ずるぅっと出ていく雄に肉襞《にくひだ》がねっとり絡み付いていく。

息するのも苦しいぐらいの圧迫感の向こうに、ほのかな快感が見え始めていた。

「コウ……さん……」

「ん？　このへんでやめとくか？」

「だ、め、……やめちゃ、だめ……うごい、て……めちゃくちゃに、して……っ」

こころからの叫びだった。ぴったりとはまり込んでいる熱杭《ねつくい》で強引に犯されたい。作り替えられたい。やっと元どおりになったこの身体を、コウに愛してほしい。

「コウさんの――好きに、して」

「すごい殺し文句だな。……やめてやらねえぞ」

「ん、……っん、ん！　あっ、あ、あ、……いい……っ」

ぐっぐっと抜き挿しされて声が跳ね飛ぶ。

もう、なにも考えられなかった。枕を必死に摑み、顔を押し付けて声を殺すつもりだが、勝手に叫んでしまう。

自分の中にいるコウが熱すぎてどうしようもない。

裂かれる痛みは確かにあったけれど、それ以上に貫かれる嬉しさが勝っていた。

やっとひとつになれたのだ。明日起き上がれなくてもいいから、めちゃくちゃに抱かれたい。

コウでいっぱいにしてほしい。

「コウ、さん……コウさん……っ」

コウは一度腰を引くと体位を変え、今度は正面からのしかかってくる。そして、もう一度繋がってきた。

「やっぱ、おまえの顔が見たい。泣いてるのか？　可愛いな」

涙のあとをキスで辿り、コウが腰を進めてくる。さっきとは違う場所を突かれて、とめどない喘《あえ》ぎがほとばしる。

「……コウさん……っ……すごく……すごく……ふかい……っ……」

「そうしてんだよ。おまえの一番奥に挿るのは俺だけだ」

「うん……っ」

両手を背中に回して、しっかりとしがみつく。張り出した肩甲骨が頼もしい。ごつごつと浮き立つ背骨をひとつひとつ辿り、十二個数えたところでやさしく背中を撫で上げる。

そうするとコウがますます勢いをつけて突き上げてくる。

その頃には、全身でコウを感じ取っていた。こめかみからこぼれ落ちる汗も、いまにも嚙みついてきそうなくちびるも、容赦なく抉《えぐ》ってくる腰つきも全部全部愛おしい。

「好きだ、涼、ばかになって全部俺のものになっちまえ」

顔中にキスを降らしてくるコウが涼の手を摑み、指の一本一本を絡み付けてくる。深く根元まで組み合わせた手に安心し、つたなく腰を揺らした。

「そうそう、うまいじゃん。ゆっくりでいい、俺に合わせてくれ」

「っん……」

リズムがすれ違ったり、重なったり。気持ちいいという感覚を通り越して、頭の中が真っ白になっていく。奥の方できゅうっと締め付ければ、呻いたコウが激しく腰を振るう。

「あ、あ、あ！」

「我慢できない。おまえの中に出したい」

「ん、んっ」

くちびるをふさがれ、舌を吸われながら突かれ、もうどこにも逃げ場はない。絶頂感が身体中を駆け巡る。

大きく腰を遣うコウの背中をがりっと引っ掻いた。それが起爆剤になったのだろう。

「……ッ」

「コウさん、も、だめ、もう、イく、イっちゃう……っ！」

ぐぐっと抉り込まれて、頭の中が白く弾けた途端、二度目の絶頂に達した。熱く激しい余韻

の中でコウがどっと吐精してくる。

「涼——涼……」

「……コウさん……」

抱き締め合い、互いに汗ばんだ額を擦りつける。

世界一嬉しくて、しあわせな時間だ。

受け止めきれない残滓《ざんし》が尻の狭間からとろりとしたたり落ち、内腿を濡らしていく。

その卑猥な感触さえ、幸福の証《あかし》だ。

ひと目で惹かれ、なんのいたずらか魂が入れ替わってしまい、ともに切磋琢磨《せっさたくま》したのち、やっと元に戻れた。だからこうして抱き締め合えるのだ。

自分とは違う手と足を絡み付け、甘いキスを繰り返す。

荒い吐息の中で、互いにそっと笑い合う。

次の欲情の波が、すぐそこまでやってきていた。

終章

「クリスマスイブの夜も更けて参りました〜！　それでは毎年恒例、今年のナンバーワンを発表します！」

マイクを握る黒服の声に、「Ｊ」店内は拍手喝采《かっさい》だ。

店の中央には四角いシャンパンタワーが作られている。今夜、あそこにとびきり高級な酒が注がれるのだ。

涼も客のひとりとして訪れていた。隣には指名したコウが座っている。艶のある白いスーツで決め、涼しい顔で足を組んでいる。胸には一輪の薔薇《ばら》を飾っているところが気障《きざ》を通り越していっそ格好いい。

ボーナスも出たことだし、涼は張り切ってドンペリの一番安いボトルを入れていた。タカオやコウたちが「王子ちゃん」と持ち上げてシャンパンコールをしてくれたのも楽しかった。

店内の灯りがふっと落ち、あたりは闇となる。

「そーれでーはー……発表いたします！　今年のナンバーワンホストは……コウさん！」

わっと歓声が上がり、そばに座っていたタカオたちが大きな拍手を送る。

「そして、そのコウさんを最後に押し上げてくれたのは、ミサキさん！　ミサキさんからブラックパール入りましたー！」

「おっ、とうとう！」

「よっ、ミサキちゃんいい女！」

「待ってました～！」

「コウくん、ナンバーワンおめでとう！」

荘厳なケースから開けられたボトルがシャンパンタワーのてっぺんから注がれていく。一本三千万円もする酒が店中のホスト、客に振る舞われ、タワー前に立つ主役のコウとミサキにピンスポットが当たる。

「ミサキ、ありがとう。とうとう入れてくれたな。でもまたなんで？」

「わたしに易々《やすやす》と落ちなかったコウくんがやっぱり一番格好いいなって。最高の言葉をもらっちゃったから、このボトルはそのお返し。あ、でもトオルくんも最高だったんだから。あの日、コウくんが帰っちゃったあと、ふたりでお部屋でアフタヌーンティーを楽しんだのよ」

妖艶《ようえん》な紫のドレスを身に着けたミサキが笑顔でコウに寄り添う。コウも堂々とその肩に手を回し、ピースサインを作る。

視線は涼に向けられていた。

やったぜ、とでも言いたそうな目に顔がほころんでしまう。

大人の女として振る舞ったミサキに拍手を送り、タカオがついでくれるシャンパンを呑む。

「よかったですね、コウさんのナンバーワンが今年も守られて」

「涼さんがボトルを入れてくれたおかげでもあるんですよー。男のひとり客って楽しいから、これからもよかったらたまに来てくださいね」

この間までは同僚だったタカオが明るい笑みを見せてくれる。

「あ、それとも来年は俺がナンバーワンを狙《ねら》っちゃおうかな？」

「いいですね。タカオさんならいけそう。トオルさんも強敵だけど」

そのトオルはべつの客についていて、スマートに振る舞っている。その横顔はやっぱりやさしくて、包容力があって、ナンバーツーにふさわしい。来年も手強《てごわ》いライバルになりそうだ。

ミサキのテーブルでひとしきり盛り上がったコウが戻ってきて、隣にどかりと腰を下ろす。

「そろそろ閉店か。今夜はおまえとアフターだな、涼。なに食べる？」

「えっと、焼き肉とか、お寿司とか？」

「焼き肉にしよう。腹減った。俺が奢《おご》るからさ。タカオたちもいるし、めいっぱい食え」

「僕が奢る立場なのに」

「いいっていいって。ボトルを入れてくれた礼だ」

そこで、コウがそっと身を寄せて耳打ちしてくる。

「そのあとは俺んちにお持ち帰りだ」

「もう。……あ、でも、それだったらうちに来ませんか？　まだ一度も僕の家に招いたことありませんよね。来てください」

「いいのか？」

恥じらいながら笑い、肘《ひじ》をぶつけ合う。

ベッドヘッドで輝く水晶を、コウにも見せたい。

あの強い石に、自分もすこしだけ近づけた気分だ。

きらきらした石を眺めながらふたりで語らい、今度は自分からキスしたい。

クリスマスイブの夜はこれから。

恋人同士が行き交う通りに自分たちも歩み出していくところを想像して、思わずにやけてしまう。

「ご機嫌だな、王子ちゃん」

「だって最高の王様がエスコートしてくれるんですもん。楽しみすぎて。僕、プレゼント買ってありますよ」

「俺も買ってある。というか俺自身がプレゼントだ」

胸を反らす彼が可笑しくて可笑しくて、腹の底から笑ってしまった。

このあとはタカオも交えて楽しく焼き肉だ。

空いたグラスにコウ自らシャンパンを注いでくれる。彼のグラスには涼が。

互いに弾けるシャンパンで満たしたグラスを触れ合わせ、笑い合った。

「――プレゼントがコウさんだって言うなら、僕、欲しいものがあります」

「なんだ？　朝まで寝かせない券とか？」

「コウさん、って源氏名ですよね。ほんとうの名前、知りたいです」

にやっと笑うと、コウは囁く。涼だけに聞こえるちいさなちいさな声で。

「藤沢孝一《ふじさわこういち》。これが俺の名前だ。プレゼントの前渡しとして、朝までおまえを抱いて離さないから覚悟しろよ」

くすくす笑って、涼は頷く。

コウ――藤沢孝一。今度、プライベートでは「孝一さん」と呼ぼうか。

明日はクリスマス。

願いはたったひとつ。

コウの温かい腕の中で朝を迎えたい。

あとがき

はじめまして、またはこんにちは、秀香穂里《しゅうかおり》です。

今回はちょっと不思議ちゃんな話です。◯◯◯りと書けば、あとがきから先にお読みになる方も「？」となるでしょうか？

いや、カバーのあらすじで公開されてるかもしれませんね（笑）。

はじめての試みだったのでいろいろと苦労しましたが、コウと涼《りょう》のじっくり恋愛が書けてとても楽しかったです。自分的に好きなのは、テーマパークのエピソードでしょうか。あのへん、コウと涼がとても自由に動いていた気がします。

この本を出していただくにあたって、お世話になった方々にお礼を申し上げます。

挿絵を手がけてくださった、みずかねりょう先生。

何度かご縁をいただいていましたが、久しぶりに今回ご一緒できてハチャメチャに嬉《うれ》しいです。みずかね先生の描かれる美しくストイックな男性がとても好きなので、こころ躍りました。お忙しい中、ご尽力くださいましたことに深くお礼を申し上げます。ありがとうございました！

担当様、なかなか難産な作品となりましたが、思い入れある一本になりました。今後ともなにとぞよろしくお願いいたします。

そして、この本を手に取ってくださった方へ。最後までお読みくださってほんとうにありがとうございます……！　こんなことが実際にあったらどうしますか？　私だったらまずスーツを買いに行きます（笑）。

そして、銀座《ぎんざ》や六本木《ろっぽんぎ》あたりをぶらぶらして、表参道《おもてさんどう》でお茶して……と、東京《とうきょう》下町の一室でこのあとがきを書いています。妄想するのは自由。

もしよかったら、ご感想を編集部宛にお聞かせくださいね。どこか一文でもお好きになっていただければ幸いです。

それでは、また次の本で元気にお会いできますように。

Twitter：@kaori_shu

この本を読んでのご意見、ご感想を編集部までお寄せください。

《あて先》〒141-8202 東京都品川区上大崎3-1-1 徳間書店 キャラ編集部気付
「ドンペリとトラディショナル」係

【読者アンケートフォーム】

QRコードより作品の感想・アンケートをお送り頂けます。

Chara公式サイト http://www.chara-info.net/

■初出一覧
ドンペリとトラディショナル……書き下ろし

Chara
ドンペリとトラディショナル……【キャラ文庫】

2022年1月31日　初刷

著者　秀 香穂里
発行者　松下俊也
発行所　株式会社徳間書店
〒141-8202　東京都品川区上大崎 3-1-1
電話 049-293-5521（販売部）
03-5403-4348（編集部）
振替 00140-0-44392

印刷・製本　図書印刷株式会社
カバー・口絵　近代美術株式会社
デザイン　おおの蛍（ムシカゴグラフィクス）

ISBN978-4-19-901053-8